협성문화재단
NEW BOOK
프로젝트 총서

나의 첫 탱고 수업

ⓒ 이승은, 2025

초판 1쇄 발행 2025년 02월 01일

지은이 이승은

발행처 (재)협성문화재단
　　　부산광역시 동구 충장대로 160
　　　협성마리나G7 B동 1층 북두칠성도서관
　　　T. 051) 503-0341 F. 051)503-0342

제작처 슬로디미디어
　　　출판등록 2017년 6월 13일 제25100-2017-000035호
　　　주소 경기 고양시 덕양구 청초로 66, 덕은리버워크 A동 15층 18호
　　　T. 02) 493-7780 E. wsw2525@gmail.com

ISBN 979-11-6785-240-3 (03810)

이 책은 '2024 NEW BOOK 프로젝트-협성문화재단이
당신의 책을 만들어드립니다.' 선정작입니다.

춤추고 숨쉬고 꿈꾸며 인생을 사는 법

나의 첫 탱고 수업

이승은 지음

SEOLREM
설렘

춤 한 번 추지 않고 지나간 하루는 잃어버린 날이고,
웃음 한 번 주지 못하는 모든 진리는 거짓이라 부르리라.

_프리드리히 니체, 『차라투스트라는 이렇게 말했다』 중에서

버려지는 시간은 없다

나는 세상에서 수학이 제일 무서웠다. 다른 과목들은 그나마 애쓰면 따라갈 수 있었는데 수학만은 안 되었다. 잘하고 싶었지만, 수학은 내게 마음을 주지 않았다. 수학 문제지를 받으면 냉기가 느껴졌고, 시간이 멈추는 것 같았다. 종이에 적힌 숫자는 뾰족뾰족하게 보였고, 내 마음을 콕콕 찔러 어지럽게 만들었다. 종종 살면서 어려운 일을 만날 때도 여지없이 '이건 마치 수학 문제 같다'는 생각이 들었다. 아무리 애를 써도 안 되는 일이 있다는 건 어깨가 움츠러들고 도망가고 싶게 만든다.

재능도 없고 능력도 없으니 남의 눈에 띄지 않고 조용히 지냈다. 희뿌연 시간 속에서 허우적대는 기분이었다. 자기를 내세울 만한 반짝반짝한 자랑거리가 다들 하나씩은 있는데 나에게만 없는 것 같았다. 나는 느린 사람, 원하는 결과를 내려면 남들보다 더 많은 시간이 필요한 사람이었다. 그런 내게도 과연 빛나는 순간이 찾아올까.

3

그러다 '탱고'를 만났다. 없는 줄 알았던 열정이 고개를 들었다. 탱고도 수학처럼 어려웠다. 하지만 수학은 노력조차 버거웠다면 탱고는 어려울수록 더 노력하고 싶은 마음이 생겼다. 잘하고 싶은 마음에 불이 붙으니 더 이상 조용히 살 수 없었다. 지난 5년간의 삶은 참으로 시끌벅적했다.

왜 그리 끌렸을까. 수학 문제를 틀릴 때는 스스로가 쓸모없는 인간처럼 느껴졌는데, 탱고를 출 때는 실수할 때조차 따뜻했다. 누군가를 품에 안고 추는 춤이어서 그랬을까. 수학이 나를 추락시키는 두려움의 상징이었다면, 탱고는 추락하던 인생을 건져준 안전 그물망 같았다. 나락에서 떨어져 죽음의 고비를 느꼈는데 깨어나 보니 여전히 살아 있는 그 안도감. 아직 끝나지 않았다는 짜릿함을 나는 탱고를 통해 느꼈다. 어쩌면 그게 바로 이 책을 쓰게 된 이유다. 나처럼 실수가 두려워서 주눅이 든 누군가에게 이렇게 말해 주고 싶었다.

"나의 실수는 내가 아니다. 실수하는 나를 껴안아 주면 새로운 세상이 열린다."

책을 준비하면서 열 시간을 앉아 있어야 겨우 글 한 장 쓸 수 있다는 걸 깨달았다. 그 열 시간 중에 글쓰기에 시동을 거느라 딴짓하는 시간도 꽤 되었다.

글을 쓰는 시간은 내가 지나온 저 희뿌연 시간과 닮아 있었다. 그동안 포기하고 싶은 마음, 망설이는 마음, 뭐든 다 될 것 같은 마음이 번갈아 찾아왔고, 그런 마음들이 내 앞에 마주 앉아 몇 시간을 머물다 가기도 했다. 그러다 보면 한 줄 한 줄 글들이 모였다.

탱고도 그랬다. 오랜 기다림 끝에 만났지만, 그 기다림은 글을 쓸 때 필요한 '딴짓의 시간'처럼 꼭 필요한 과정이었다. 탱고는 내 삶에서 쓸모없는 시간은 하나도 없었다는 걸 알려주었다. 내게 일어난 모든 일은 다 신중히 걸러진 일이었다. 부끄럽지만 '나의 탱고'라고 이름 붙인 것은 한 번에 매끈하게 뽑아낸 것이 아니었다. 나의 삶에서 완성하지 못하고 떠나보냈던 여러 조각이 모여 이루어진 나만의 세계였다. 비록 조각조각들을 얼기설기 붙여 만든 어수선한 결과물이지만 그 모호한 시간이 없었다면 얻을 수 없었던 세계였다. 그 세계를 만나는 순간 깨달았다. 쓸모 때문에, 필요 때문에 세상에 존재하는 사람은 없다. 그 사람이 하나의 세계이기 때문에 존재하는 것이다. 그 순간, 안개가 걷히는 것 같았다!

그렇게 탱고는 완벽하지 않아도 나만의 세계를 만드는 법을 알려주었고 두려움을 잘 껴안는 힘을 길러주었다.

Chapter 2　탱고에게 배우다

Chapter

1

탱고를 만나다

아버지가 남긴 최고의 선물, 탱고

아빠는 나의 사랑이었다. 그러나 그 사랑은 늘 지쳐 있었다. 아빠의 서글서글한 두 눈에는 우울함과 무기력이 가득 들어 있었다. 그 눈을 보고 있자면 늘 불안했다. 언젠가부터 아빠는 내가 옆에 있어도 눈길을 주지 않았다. 늘 회색빛인 그 표정이 혹시 '나 때문일까?' 싶어 안절부절못했다. 아무리 생각해 봐도 내 잘못은 없는데. 뭔가 억울하지만 미안한 이 감정은 뭘까? 아직 꼬마였던 아홉 살의 나는 어리둥절했다.

사실 아빠는 동네에서 소문난 딸 바보였다고 한다. 교사 월급이 15만 원 하던 시절, 딸내미 옷을 2만 원이나 주고 사 오는 딸 바보. 팔불출 소릴 듣거나 말거나 동네방네 딸 자랑을 하고 다녔다는 엄마의 이야기는 거짓말일 리 없었다. 엄마가 들려주신 아빠 이야기는 따뜻했다. 딸보다는 아들을 선호하던 시절이었는데도 나의 출생 소식을 듣고 너무나 신이 난 아빠는 친구들을 다 이끌고 근처 술집에서 거나하게 한턱을 내고 잔뜩 취해 병원으로 들어오셨다. 그리고 침대에서 쉬고 있던 엄마를 간이침대로 끌어내고 이내 본인이 병실 침대에 대자로 뻗었다고 한다. 새근새근 잠든 아가 곁에서 곯아떨어진 남편을 보는 엄마 얼굴에 어이없음과 행복감이 고요한 미소로 번졌다.

그랬다고 한다. 하지만, 막상 나는 아빠의 따스함을 느껴본 적이 별로 없다. 앞의 이야기는 다 엄마에게 전해 들었을 뿐이다. 실체가 있다고는 하나 느낄 수 없는 아빠의 사랑은 그저 막막했고, 어디서 주워들은 뜬소문 같았다. 가장 직접적으로 말해야 하는 사람을 간접화법으로만 말할 수 있다니. 그게 아빠와 나의 관계였다.

따지고 보면 내가 아빠랑 같이 산 기간은 10년이 채 되지 않는다. 아빠가 편찮으신 뒤 몇 개월씩 자주 입원을 하는 바람에 실제 동거의 체감은 겨우 1년 정도인 것 같다. 아빠는 혈액순환 장애로 발이 썩는 병에 걸리셨고, 급기야 다리 하나를 절단해야 했는데, 그때 나는 겨우 초등학교 1학년이었다. 이제는 오른쪽인지, 왼쪽인지 기억마저 흐릿하지만 내게 남은 아빠의 이미지는 한쪽 다리가 없는 모습뿐이다.

아빠가 다리 절단술을 받으신 뒤 며칠 되지 않은 어느 날이었다. 집을 오랫동안 비운 아빠에게 나는 심통이 나 있었다. 아무렇지 않은 척 며칠을 보낸 뒤 나는 별안간 태권도가 너무 배우고 싶은 마음에 아빠한테 태권도 학원에 등록하러 가자고 졸라댔다. 아빠는 '내일 의족이 도착하니 다음 날 가자'며 나를 달래셨는데 당시 나는 이상하게 그 말을 무시한 채 고집을 부렸다. 풀리지 않은 심통이 남아 있었던 것 같다. 나는 요지부동이었다. 아빠는 한숨을 내쉬며 못 이기는 척 따라 나섰다.

태권도장은 3층에 있었다. 그 상가에는 —옛날 흔한 아파트 단지 상가가 으레 그렇듯이— 엘리베이터 같은 게 없었다. 아빠는 아직 서툰 목발로 계단을 하나하나 짚으며 3층을 오르셨고, 그때마다 아빠의 빈 양복바지 한쪽이 펄럭거렸다. 아빠의 모습을 보고 태권도 관장님의 얼굴에 잠시 당황의 표정이 스쳤던 것도 기억이 난다. 그렇게 무사히 등록을 마치고 다시 집으로 오는 동안, 혹시 아빠의 심기가 불편하면 어쩌지, 하는 마음에 아빠의 얼굴을 살폈다. 다행히 아빠는 평온해 보였다. 그때 나는 몰랐다. 아빠의 펄럭이는 바지와 그 한숨이 사랑이었다는 것을.

다리가 하나밖에 없는 아빠, 그런 아빠가 만능 스포츠맨이었다는 이야기를 엄마에게 들었을 때 나는 믿기지 않았다. 그냥 좋아하는 정도가 아니라 테니스에, 권투에, 심지어 고등학교, 대학교 때 아이스하키 선수로 뛰기까지 하셨다니 충격이었다. 거기에 엄마가 한 말씀을 덧붙이셨다.

"사실 너희 아빠는 춤을 잘 췄어. 엄마랑도 같이 추고 싶었는지 연애할 때 가끔씩 탱고 추는 모임에 데리고 갔었거든. 그런데 너도 알다시피 엄마는 춤을 잘 못 추잖니? 난 재미가 별로 없더라고. 그래서 그냥 아빠 혼자 다니라고 했어. 근데 그게 혈통인가 봐. 인물 좋은 네 할아버지도 춤을 그렇게 잘 추셨대. 너는 부친을 많이 닮았으니 모르긴 몰라도 춤 좀 출 게다."

그 말을 듣는 순간 아빠와의 관계 회복이 순식간에 이뤄진 듯했다. 내 안에 아빠의 일부가 숨어 있기라도 한 것 같았다. 탱고를 좋아하는 이 마음이 아빠에게서 받은 거라니…. 그러고 보니 삼촌도 할아버지가 춤을 굉장히 잘 추셨다며, 그 중에서도 탱고에 아주 소질이 많으셨다며 자랑하곤 했다. 나의 근본이 되는 남자들은 모두 탱고를 좋아했었구나. 그래서일까. 내가 사십이 되기 이전의 그 모든 시간보다 탱고를 배우기 시작한 이후, 최근 4~5년간 아빠를 훨씬 더 많이 생각한 것 같다. 그렇게 탱고는 흑백이었던 아빠의 기억에 색을 입혀주는 한 자루의 붓이 되었다.

여기에 새로운 감정 하나가 더해졌다. 두근대는 설렘이었다. 왜 그런지 모르겠지만 탱고 수업을 들으러 학원에 가거나 가끔 탱고를 추러 갈 때 단 한 번도 가슴이 뛰지 않은 날이 없었다. 마음속에서 폭죽이 터지는 것 같았다. 하루하루가 너무 애절하게 느껴졌다. 시간이 흘러갈수록 탱고를 출 수 있는 날이 내 인생에서 자꾸 사라지는 것이니까.

경제적인 걱정도 있었고, 아이들을 두고 이렇게 나와 있어도 되나 하는 불편한 마음도 있었고, 사십 넘은 아줌마의 몸으로 새로운 동작을 익힐 때마다 눈물 나게 힘들었지만, 그래도 가슴 속에 일어나는 설렘의 파도는 멈추지 않았다. 내가 원하고 좋아하는 것을 처음으로 가져본다는 그 느낌이란! 그저 좋았다. 절대로 놓지 말아야겠다고 다짐했다. 놓친다면 나를 잃어버릴 것만 같았다.

　그렇게 생각하니 일주일에 두어 번 탱고를 추며 보내는 시간이 너무 귀해 마음이 매일매일 절절 끓었다. 이 뜨겁고도 넘치는 감정은 내게 진짜 살아 있는 기분이 무엇인지 알려주었고, 동시에 세상 한 번 살아 볼 만하다는 용기도 주었다. 주변 사람들이 다 알아차릴 정도로 나는 탱고에 푹 빠져 버렸다. 남편의 말로는 내가 탱고 이야기만 나오면 빛을 마구 내뿜는다고 했다.
　그렇게 시간이 흐르면서 내 주변 사람들이 나한테 조금씩 말을 걸어왔다. '파트너로 같이 해보자, 나중에 탱고를 배운다면 꼭 너한테 배우고 싶다, 네 탱고 이야기를 영상으로 찍어서 유튜브를 시작하는 건 어때?' 등등. 다들 내가 탱고로 뭔가를 해보기를 응원해 주고 있었다. 나의 탱고를 보며 함께 행복해하는, 애정이 듬뿍 담긴 시선 덕에 나는 점점 내일의 삶이 더 재미있어질 것 같다는 희망을 가질 수 있었다.

　'아빠가 탱고를 추는 모습은 어땠을까?'

나의 탱고 사랑이 피를 속일 수 없어서 시작된 일이라면 적어도 아빠는 내게 탱고 하나만큼은 제대로 물려주신 거였다.

'아, 아빠는 내게 살아갈 힘은 주고 가신 거구나!'

　아빠가 아무것도 해 준 게 없었다고 생각했던 원망이 사라졌다. 나는 내가 생각했던 것보다 더 많은 것을 물려받은 딸이었다.
　그 순간 따뜻한 눈물이 차올랐다. 행복했다. 그렇게 탱고는 나의 슬픔을 살아갈 힘으로 바꾸어 주었다.

나의 첫 짝사랑, 오빠

"야! 니네 오빠가 이승근이야?"

다짜고짜 질문이 날아들었다. 무방비 상태였던 내 가슴은 또 덜컥 내려앉았다. 머릿속이 어지러웠고 가슴 속은 억울함에 불타올랐다. 확 쏘아붙일까? 무시할까? 울어버릴까? 하지만 나는 눈을 끔뻑이며 그냥 "응" 하고 대답할 뿐이었다. 등굣길에 들은 별거 아닌 질문이 하루 종일 마음을 시끄럽게 했다. 대체 왜 물어보는 걸까. 나를 어떻게 아는 걸까. 나는 전혀 모르는 언니 오빠들인데….

이런 질문을 매일 등굣길에 들어야 하는 초등학교 3학년 어린이가 바로 나였다. 나보다 한 살 많은 우리 오빠는 남다른 면이 있다. 최근 사용하는 말로는 신경 다양성을 가진 사람이고, 쉽게 말해 '자폐아'였다. 겉보기에는 멀쩡하고 엄마가 말끔하게 입혀 놓으면 귀티 나는 어린이였지만, 한두 마디만 시켜보면 뭔가 이상하다는 게 금방 드러났다. 그래도 엄마는 겉보기만이라도 괜찮기를 바랐다.

그것이 엄마가 할 수 있는 최선이었으니까.

엄마의 슬프고 보답 없는 노력과 달리, 오빠는 나에게 그저 적나라한 현실이었다. 아빠는 볼 수 없으니 그리움으로 미화라도 시킬 수 있는데 오빠는 그게 안 되었다. 매일매일 내가 겪어야 하는 어려움이었다.

오빠가 '자폐아 이승근'이라는 것은 많은 결과를 가져왔다. 1학년, 2학년 때까지는 별 큰일이 없었다. 그때는 오빠의 장애가 그렇게 눈에 띄지 않았기 때문이다. 저학년 아이의 장애보다 고학년 아이의 장애가 눈에 띄는 법이다. 귀여움이 사라지고 성가심이 커지니까.

나의 학교생활은 오빠가 3학년이 되었을 때를 기점으로 급변했다. 점점 나와 도시락을 같이 먹으려는 친구들이 사라졌고, 학급의 모든 그룹 활동에서 배제되었다. 내게는 모둠 숙제도 주어지지 않았다. 모둠 장기자랑에서도 빠지게 되었다. 교실에 앉아 있으면 아이들의 힐끔거리는 눈초리가 따갑게 느껴졌다. 학교에서 말 한마디 하지 않은 채로 돌아온 날이 더 많았다. 이해할 수가 없었다. 나는 '이승근 동생'이 아니라 '이승은'일 뿐인데. 내가 딱히 잘못한 일이 없는데도 내 잘못이 될 수 있다는 것. 그게 세상살이라는 걸 처음 겪었다.

그 뒤로 친구들과 웃고 대화하는 것조차 내게는 노력해서 얻어내는 일이 되었다. 학창 시절 내내 오빠를 들키지 않으려고 노력했다. 혹시 모를 '불상사'에 대비하여 친구들과 마찰을 피하는 '조용한 아이'가 되었다. 상대에게 먼저 맞추고, 마음에 드는 아이가 되어야 했다. 나는 늘 틀렸고, 친구들은 늘 옳았다.

친구들의 마음을 사려고 비위를 맞추는 건 그나마 할만했다. 그때만큼은 혼자가 아니었고 즐거운 시간이라는 보상도 얻을 수 있었기 때문이다. 오히려 어른들이 툭툭 던지는 말이 나를 힘들게 했다. 어른들은 언제나 나보다 오빠를 더 가엾게 여겼다. 잘 생겼지만 장애가 있는 오빠는 어른들의 안타까움 그 자체였다. 아무도 나에게 "힘들지?"라고 묻지 않았다. 내가 듣는 말은 "오빠가 저러니까 네가 잘 하고, 오빠를 더 잘 챙겨."였다. 아니, 왜 다들 오빠를 잘 돌보라고 하는 거지? 왜 감정을 느낄 수 없는 오빠에겐 친절하고, 감정을 느낄 수 있는 나에게는 왜 무관심하지? 어른들이 그렇게 한두마디 던지고 간 날이면 마음이 심란해서 잠을 잘 수가 없었다.

그중 제일 난감한 건 오빠를 어떻게 대해야 할지 전혀 모르겠다는 것이었다. 미워할 수도 좋아할 수도 없는 오빠였다. 오빠는 또 무슨 잘못인가. 그렇게 태어났을 뿐인데. 사실 오빠는 언제나 순진무구했다. 내 마음이야 어떻든, 바깥 세상은 또 어떻든 그저 자기 마음이 시키는 대로, 원하는 대로 움직였을 뿐이다.

예를 들면 오빠는 피자는 반드시 '피자헛'만 찾았다. 이유는 알 수 없다. 오빠는 일주일에 한 번씩 반드시 63빌딩의 수족관을 가야 한다. 거기서 피라냐 먹이 주는 것을 반드시 봐야 한다. 편집증 때문에 오는 자폐인들의 기이한 천재성이 오빠에게도 있었는데, 그건 자기 주변의 모든 사람과 관련된 숫자를 모조리 외우는 것이었다. 예를 들어 생일, 전화번호, 온갖 기념일, 기일, 심지어 이혼 날짜 등등…. 그래서 대화 중에 갑자기 "이모는 몇 월 며칠에 이혼하셨어요."라고 말해서 주변을 당황하게 하기도 했다. 또 화장품을 좋아해서 모든 화장품 브랜드의 그 많은 라인을 전부 외우고 있었다. 엄마와 나는 가끔씩 한숨을 쉬며 말했다. 저 머리를 가지고 백화점이라도 취직하면 좋을 텐데…. 하지만 오빠는 화장품 브랜드만 줄줄 외우고 있을 뿐 고객 응대가 되지 않는다.

문제는 오빠의 '반드시'가 깨질 때 발생했다. 예를 들어 피자헛이 아닌 피자를 먹게 되거나 중요한 가족 일정 때문에 63빌딩에 못 가게 되거나 하면 난리가 났다. 그것은 속상함이나 서운함이 아니라 제어할 수 없는 분노였고, 견딜 수 없는 괴로움이었다. 오빠는 자신이 정해 놓은 세상이 깨어지는 것을 받아들이지 못했는데, 그게 바로 오빠가 가진 '신경 다양성'이었다.

세상과 일정한 거리를 두고 혼자만의 세계를 살아가는 게 오빠의 숙명일 것이다. 타인과 교류하는 기쁨은 오빠의 삶에 없으니 나는 오빠의 세계를 들여다볼 수 없다. 밥을 같이 먹거나 선물을 준다고 관계가 쌓이지도 않는다. 마음과 에너지를 쏟아도 그게 다 유령같이 통과되어 어디론가 흩어져 버린다. 나 혼자 좋아하는 마음을 보내다가 끙끙 마음 앓이를 해야 한다. 내가 할 수 있는 건 그저 오빠에 관한 모든 일에 최대한 무덤덤해지는 것이다. 그 사실이 처음에는 슬펐지만 점점 익숙해졌다. 어쩌면 이게 내 인생의 첫 짝사랑이 아니었을까.

그러던 어느 날, 오빠는 일반 고등학교를 마치고 복지관에서 제공하는 장애인 대상 직업훈련을 받다가 덜컥 취업을 했다. 그때 맥도날드에서는 장애인에 대한 인식개선 및 사회복지의 프로그램으로 장애인 채용을 시작했다. 엄마와 나는 애절한 마음으로 오빠와 함께 면접을 보러 갔다. 지금도 장애가 있는 경우 취업이 어렵지만 20년 전에는 공장일이나 막일을 비롯해 장애가 있는 사람이 '일반적인' 일자리를 구한다는 건 정말 기적에 가까운 일이었다.

면접관이 오빠에게 물었다.

"이승근 씨는 왜 맥도날드에 지원하게 되었어요?"
"제가 보통 사람들이랑 달라요. 그래서 대학에 갈 수 없어요. 그리고 우리 집은 엄마와 여동생만 있어요. 그래서 나는 일을 해야 해요."
"그러면 이승근 씨가 열심히 일해야겠네요."
"제가 우리 집 가장이죠."

뭐지? 오빠가 저런 말을 할 줄 안다고? 긴장한 오빠는 조금 어눌

했지만, 또박또박 자기 의견을 이야기했다. 신기했다. 오빠도 자기가 다른 걸 알고 있었구나. 오빠도 일을 하기 위해 면접을 보고 면접관들의 마음에 들기 위해 애를 쓰는구나. 오빠와 같이 놀 수는 없었지만, 같이 살아왔구나.

더 신기했던 건 내가 결혼을 하고 아이를 낳은 후 오빠가 조카들을 무척 예뻐하고 항상 보고 싶어한다는 사실이었다. 오빠는 우리 아이들에게 말을 걸 때 자기가 할 수 있는 최대한 다정한 목소리로 "승운이 잘 있었어요?"라고 오빠만의 높고 떨리는 톤으로 말을 건다. 그리고 오빠가 제일 좋아하는 물고기인 키싱구라미와 디스커스를 이야기하며 "승연이 키싱구라미 닮았어요, 승운이 디스커스 닮았어요."라고 한다. 사실은 그게 전부. "승운이 디스커스 닮았어요"라는 말을 풀어내면 '나는 승운이가 참 좋아요'라는 뜻이다.

그래서 우리 아이들도 보통 사람들과 다르게 태어난 사람들을 봐도 그렇게 낯설어하지 않는다.

작년 가을 즈음, 학부모 참관 수업을 갔다. 거의 수업이 끝나갈 때쯤 한 엄마가 나에게 말을 걸었다.

"승운이가 저희 ○○이한테 참 잘해준다는 이야기를 들었어요. 저희 애가 많이 부족한데 승운이한테 참 고마워요."

그 엄마의 눈은 그렁그렁했지만, 거기서 뭐가 떨어질세라 가볍게 인사하고 황급히 나갔다. 나는 잠시 어안이 벙벙했는데 집에 와서 가만히 생각해 보니 그 친구는 특수반에 다닌다는, 지적 장애가 있는 아이였다. 그 자리에서 알아차렸으면 이렇게 이야기해 주는 거였는데.

"부족하다니요, 사실 승운이 삼촌도 ○○이처럼 좀 특별한데, 승운이가 삼촌을 좋아해요. 아마 승운이가 ○○이가 부족해서 챙겨준 게 아니라 좋아해서 챙겼을 거예요."

나와 직접 교류를 할 수 없는 오빠의 따뜻함을 자식을 통해 느끼게 되다니! 혈연이 이어주는 온기였다.

그렇다고 오빠로 인해 생긴 나의 생존 방식이 쉽게 없어지는 건 아니었다. 혹시나 폐를 끼칠까 싶어 상대가 요구하기도 전에 모든 걸 미리 갖춰 놓으려는 나의 성향은 탱고에서도 여전히 드러났다. 탱고를 배우면서 가장 많이 지적 받는 것이 '동작이 빠르다' 혹은 '급하다'였다.

"승은이는 참 부지런해. 남도 배려할 줄 알고. 사실 그건 굉장히 좋은 태도야. 그런데 탱고를 출 때는 그러지 마. 탱고 출 때만은 하고 싶은 거 다 해. 천천히. 남자가 리드하면 그때 움직이고, 리드를 잘 모르겠으면 그냥 움직이지 마. 괜히 무안해할까 봐 배려한다고 추측해서 춤을 추지마. 승은이는 춤을 그 누구보다 최대한 게으르게 춰 봐."

선생님은 수업 때 늘 삶의 방식이 춤에서도 나온다며 나한테는 열심히 하는 것도 좋지만, 즐길 줄 알았으면 좋겠다는 말을 자주 하셨다. 즐길 줄 알았으면 좋겠다니! 태어나서 처음 듣는 말이었다.

맞다. 탱고는 남에게 잘 보이려고 시작한 게 아니었다. 내가 좋아서, 살아있는 것 같아서, 오빠가 디스커스와 우리 아이들을 좋아하듯, 그렇게 빠져든 거였다. 진심으로 하나만 좋아해도, 그 마음이 그동안 묵은 억울함을 다 덮어 버린다. 이때 나는 스스로 다짐했다.

내가 좋아하는 이 탱고는 무슨 일이 있어도 잘 지켜내야겠다고. 그리고 다시는 억울한 마음으로 살지 않겠다고.

마음으로 끌어안기

주변 사람들은 내가 결혼을 빨리할 것 같다는 이야기를 자주 했다. 그 말 덕분인지 나는 스물여섯에 신부가 되었다. 남편은 고등학교 동창이었고, 연애를 시작할 때 아직 석사 논문을 쓰고 있었다.

한여름의 뜨거움이 누그러지는 8월 하순의 어느 날, 그는 대뜸 자신이 곧 독일, 뮌헨에 가서 공부를 해야 할지도 모른다고 말했는데, 그 이야기를 왜 하는지 처음엔 잘 알아듣지 못했다. 그러자 마음이 조급해진 그가 만난 지 한 달 만에 결혼하자며 밀어붙이기 시작했다. 살면서 처음 겪어 보는 대책 없는 무모함이었다. 어쨌든 그런 단순한 직진이 통하는 바람에 나는 사귄 지 일 년 만에 그와 결혼식을 올렸다.

보통 결혼이라는 말을 들으면 신혼 때의 달달한 시간을 먼저 떠올린다. 하지만 결혼은 '현실 직시'를 위한 의식이나 다름 없다. 고학생이었던 남편은 대학과 대학원의 학비 대부분을 장학금으로 해

27

결했다. 연애 기간에는 그 모습이 성실하고 믿음직스러워 보였는데, 결혼을 준비하면서 현실적인 깨달음이 왔다. '장학금으로 학교를 다녔다'는 것은 '미래를 위해 모아 놓은 돈이 하나도 없다'는 뜻이다. 게다가 독문과의 시 전공이라니, 먹고사는 데 하등 도움이 안 되는 학문은 실용적인 이공계나 IT 같은 전공들에 비해 장학금을 받기가 턱없이 어려웠다. 그게 우리의 현실이었다.

내 주변의 모든 사람이 나의 연애와 다가올 미래를 걱정했다. 하지만 어떤 일이 있어도 나를 책임지고 먹여 살리겠다는 그의 의지는 꺾이지 않았고, 그의 진심으로 포장한 '거짓말'이 나의 마음을 흔들었다. 그래, 내가 언제 독일에서 살아보겠어. 남편이 받기로 한 3년짜리 장학금과 내가 직장 생활을 하며 모은 돈이면 어느 정도 버틸 수 있을 것 같았다.

하지만 뮌헨에 도착한 순간부터 상황이 돌변했다. 먼저 3년짜리였던 남편의 장학금이 재단의 사정으로 갑자기 1년 지원으로 단축됐다. 게다가 금융 위기로 유로화가 많이 오르면서 우리가 쓸 수 있는 돈은 더욱 줄어들었다. 내가 준비해둔 학비는 몇 달 지나지 않아 생활비로 써야 했고, 뮌헨에 도착한 지 1년 만에 가진 돈이 모두 바닥났다.

우리는 가장 부유한 도시에서 가장 가난한 생활을 하는 부부가 됐다. 언어가 편하지 않으니 어디를 가든 마음을 졸여야 했고, 뮌헨에서 알게 된 사람들과 함께 어울리는 것도 편하지 않았다. 만나면 어쩔 수 없이 돈을 써야 했기 때문이었다. 남편은 박사 과정에 들어갔지만, 통학할 차비조차 없었다. 유학의 가장 큰 목적인 공부를 제대로 할 수 없던 것이다. 자신 있던 전공 공부를 점점 따라갈 수 없게 되자 남편은 점점 우울해지고 사람을 기피하게 되었다. 게다가 내가 가진 비자로는 정식 취업은 못하고 단순 아르바이트만 가능해서 겨우 입에 풀칠만 할 수 있었다. 쌀이 다 떨어져서 교회 친교 때 남은 간식이나 반찬으로 끼니를 때운 적도 있었고, 냉장고가 텅텅 비었던 날 한국에서 보내준 라면과 건어물이 절묘한 타이밍에 도착해서 한 끼를 겨우 먹었던 적도 있었다. 지지리도 가난했던 유학 시절, 뮌헨에서 이런 일을 겪는 사람은 거의 없었던 터라 남에게 이야기하기도, 이해받기도 어려웠다.

그렇게 3년 반이 지나자 둘 다 지쳐서 더 이상 뮌헨 생활을 버틸 힘이 없었다. 그럴 줄 알았다며 훈계를 늘어놓는 사람도 꽤 있었다. 그럴 때마다 중요한 건 이 상황을 바라보는 내 자세라고 마음을 다잡았다. '내 삶에 경제적인 지원이 풍족하지 못한 것을 운명으로 받아들이자. 불행은 누구에게나 찾아올 수 있다.' 그뿐이었다. 우리는 그저 우리가 원하는 삶을 선택했고, 필요한 순간에 돈이 없었을 뿐이었다.

결국 우리는 한국에 돌아가기로 결정했다. 기왕 성취도 못하고 희망도 잃은 이곳에서 차라리 둘이 아니라 셋이 되어 돌아가면 어떨까. 그렇게 우리는 공부 때문에 미뤘던 임신 계획을 세웠고, 아이는 금세 찾아왔다. 스물아홉에 엄마가 됐다니, 아직도 어린애 같은 내가 아이를 잘 키울 수 있을까, 걱정이 앞섰지만, 일단 찾아온 아이 생각에 기쁨이 앞섰다.

산부인과를 가는 날은 무척 추웠다. 의사 선생님은 초음파로 아이가 잘 있는지 검사를 했다. 생각만 했던 아이의 모습을 드디어 만나는 순간이었다. 그런데 선생님의 얼굴이 심상치가 않았다.

남편이 해석해 준 의사 선생님의 말에 따르면 아이의 심장 소리가 들리지 않는다고 했다. 멈춰버렸다는 아이의 심장과 함께 이 세상 전부가 멈춘 것 같았다. 얼굴이 화끈거리고 눈에 가득 찬 눈물은 흘러넘쳐 멈추지 않았다. 의사 선생님은 당황해하셨고, 말이 통하지 않아 한마디도 할 수 없었던 간호사 언니는 그저 내 등에 가만히 손을 올려서 토닥여줄 뿐이었다.

아이가 지나간 자리에 강한 허기가 찾아왔다. 입덧이 멈추니 배가 고팠다. 아이의 죽음에 처음 느끼는 감정이 배고픔이라니 치욕스러웠다. 독일의 차가운 겨울 바람이 그날따라 더 따갑게 느껴졌다. 그렇게 아이는 강렬하게 찾아왔고 강렬하게 가버렸다. 불과 귀국 1주일 전에 벌어진 일이었다. 어떻게 짐을 싸고 어떻게 서류를 제출하고 왔는지 기억조차 없다. 남편 역시 그때의 기억이 전혀 남아 있지 않다고 했다. 그래도 도와준 손길이 있어서, 특히 수술 후 심약해진 나를 위해 미역국을 끓여다 준 여러 사람의 온정 덕분에 뮌헨을 무사히 떠날 수 있었다.

어려움을 넘어설 수 있는 깨달음은 늘 그 순간에는 찾아오지 않는다. 막다른 상황의 막막함을 다 겪고 난 다음에야 꼭 한발 늦게 온다. 그 뒤 일 년쯤 지난 어느 날 밤. 아이를 생각하며 잠을 청하는데, 조용히 한 줄기 생각이 찾아왔다. 만약 신이 이 아이의 운명을 12주로 정한 거라면? 아이는 12주라는 자기의 평생을 오로지 내 품에만 안긴 채 보낸 것이었다. 아이를 품었던 12주는 참 행복했었다. 나에게 하루 종일 안겨 있었던 아이도 충분히 행복했겠지. 살아있는 존재를 안는다는 것은 내가 생각했던 것보다 훨씬 위대한 일이었다.

'아가야, 너도 행복했다면 나는 그걸로 충분하다. 그렇다면 너도 나를 사랑했구나.'

그 시간은 상실의 시간이 아니라 새로운 사람을 사랑하는 법을 배운 시간이었다. 그렇게 나는 아이의 사랑을 받고 사람에 대한 사랑을 얻었다. 아이가 준 사랑은 다른 사람을 좀 더 사랑스럽게 볼 수 있도록 나를 도와주었다.

독일의 간호사 언니가 전해준 말 없는 위로도 떠올랐다. 그때 내 마음은 눈물에 흠뻑 적셔져 정신을 차릴 수 없었지만, 내 몸은 말없이 닿아있는 손만으로도 위로를 받을 수 있다는 사실을 처음 배웠다. 안아주는 것, 토닥여주는 것은 짧은 순간에 사람을 살리고 용기를 주는 몸짓이었다. 그때 한 번 만난 것이 전부인 그 독일 간호사의 따스한 손길을 내 등은 아직도 기억한다.

탱고를 출 때도 다른 사람을 안고 체온을 나눈다. 일상에서는 흔한 일이 아니지만, 탱고에서 파트너를 안는 것은 전부와 같다. 안지 않으면 춤을 시작할 수가 없다. '포옹'은 인간과 인간이 만나 서로에게 위로와 온기가 필요하다는 것을 솔직하게 터놓는 일이다. 남자와 여자가 서로 안을 때 생기는 긴장감도 위로와 온기에 집중하면 금세 녹아내린다. 상대를 안고 가만히 상대의 마음이 어떠한지 들여다본다. 타인을 안는 자세를 타고 그가 어떤 사람인지에 대한 감정이 조용히 흘러들어온다. 경계심이나 외로움, 가끔은 '아무것도 들키지 않을 거야' 하는 방어의 마음도 느껴진다. 내가 이만큼 집중해서 타인의 마음을 읽어본 적이 있었을까. 그것만으로도 탱고는 내게 커다란 위로였다.

우리는 모두 남자, 여자 할 것 없이 마음이 고픈 인간일 뿐이다. 마음이 고프기에 포옹이 필요하다. 몸을 움직여서 우리 안에 온기가 남아 있음을, 살아 있음을 느낄 수 있게 해주는 춤이 필요하다. 그래서 나는 누구를 만나든 내 마음 전부로 상대를 안으려 한다. 그 아이가 나를 짧은 시간 온몸으로 안아주었던 것처럼.

단절된 시간들

10년 이상 걸릴 줄 알았던 독일 생활은 4년 만에 마무리되었다. 귀국 후 당분간 친정에 들어가서 살게 되었는데, 결혼 후의 친정은 사실 남편이 잘 돼야 마음이 편한 곳이다. 자립하지 못하고 돌아온 우리는 자존심이 무척 상했다. 먹고사는 게 막막해진 남편은 공무원 시험을 준비하겠다며 입시학원에 등록했고, 나는 우선 수술을 받아야 했다. 독일에서 받은 수술이 잘못되어 하마터면 불임이 될 뻔했던 것이다. 몸은 생각보다 많이 나빠져 있었다. 동네 외출만 해도 어지러워서 구토를 했고, 얼굴에 실핏줄이 다 터졌다. 그러다 보니 점점 사람을 기피하기 시작했다.

어느 날 남편이 조용히 하고 싶은 말이 있으니 밖에서 좀 보자고 연락이 왔다. 더 이상 공무원 시험공부를 못 하겠다고, 그 대신 독일 가곡 공연을 만들어 보겠다는 것이었다. 눈 앞이 깜깜했다. 나그네 삶이 고달파 제발 안정된 삶을 살고 싶었는데 남편은 또다시 돈벌이가 시원치 않은 세상으로 뛰어들 준비를 하고 있었다. 하지만,

어차피 저런 마음이면 공무원 시험을 준비해도 되기 어렵지 싶었다. 나이도 차서 신입 사원으로 입사하기도 힘들던 터라 나는 그저 남편이 현재 돈을 벌 수 없는 사람이라는 걸 인정하기로 했다.

"좋아. 너 하고 싶은 걸 해 봐. 최대한 도울게. 하지만 공연으로는 돈을 벌지 못할 거고, 2년쯤 뒤에는 또 같은 고민을 하게 될 거야. 할 때 하더라도 알고 했으면 해. 하지만 그 이후의 고민도 미리 했으면 좋겠어. 어쨌든 널 돕겠다는 건 내가 날 책임지는 뜻이기도 하니까."

뜻밖의 반응에 남편은 좋기도 하지만 겁도 조금 난 것 같았다. 나중에 안 사실이지만 그는 공무원 입시학원에 3개월 치를 등록해 놓고 한 달 정도 다니다가 도저히 내 길이 아니다 싶어서 환불을 받았단다. ―음, 그런데 환불 받은 돈은 대체 어디로 간 걸까?― 하지만 그 말을 차마 못 하고 그동안 학원에 다니는 척을 했단다. 더 이상 아내와 장모 앞에서 눈속임하지 않아도 되니 그것만으로도 한 짐 덜어냈을 것이다. 하지만 마음의 짐을 덜어낸 만큼 현실의 짐을 져야 했다. 남편은 공연 기획을 하고, 음악가들에게 독일 시와 가곡을 코칭하면서 학원에서는 논술을 가르치고, 틈틈이 과외도 뛰면서 생활비를 마련했다. 물론 '전업' 학원 강사들과 달리 '투잡'을 했기에 수입이 넉넉하거나 일정할 수는 없었다.

그러다 산부인과 정기검진을 받는 날이 돌아왔다. 평소 명랑했던 담당 의사 선생님이 반갑게 근황을 물으셨다.

"승은 씨, 슬슬 이제 아이를 가져야 하지 않을까요?"
"아, 선생님, 저도 그게 고민이에요. 아직 둘이 먹고살기도 바쁘고 만약 아이를 가진다 하더라도 친정 부모님의 도움을 받아야 하는데 더 이상은 그러고 싶지 않거든요."
"승은 씨, 그렇지만 모든 것은 때가 있어요. 안 낳을 거면 모르지만, 친정 도움을 받더라도 아이가 생길 수 있는 때 낳는 것도 중요해요. 모든 준비가 다 될 때까지 기다리면 점점 아이를 갖기 어려운 몸이 돼요."

완벽한 상황은 없다. 두려워서 피하다 보면 나중에 후회할 것 같다는 생각이 들었다. 용기를 내어 나는 다시 아이를 갖기로 마음먹었다

세상에 나온 아기는 딸이었다. 딸아이는 그저 누워서 울거나 먹거나 잘 뿐이었는데, 엄청난 밝기로 집안을 가득 채웠다. 아이의 존재감은 대단해서 그냥 돌보는 것만으로도 나의 비어있던 마음이 많이 채워졌다. 그리고 그 채워진 마음이 다시 둘째를 불러들였다.
다들 그렇겠지만, 아이들이 생긴 다음부터 내 시간은 사라졌다. 밥도 5분 안에 먹기 일쑤였고, 잠도 세 시간 연속으로 자 본 적이 없었다. 아이들은 내 시간을 써 버리고 날 멈추게 만들었지만, 소중

한 가르침도 주었다. 사람이 살아가려면 다른 누군가의 시간을 써야만 한다는 것을, 인간이라는 존재 자체가 그리 독립적일 수 없다는 것을 피부로, 손발로 알려준 것이다. 남에게 완전히 의존해야 하는 그때 받았던 사랑을 아이들에게 되돌려주는 것. 그것이 내가 해야 할 일이었다.

그러다가 첫 아이가 유치원에 가던 해에 뭔가 변화가 일어났다. 어느 날 갑자기 아이와 나를 이어주던 끈이 사라진 것 같은 느낌이었다. 아이를 돌보며 느꼈던 일체감이 사라졌는데, 말하자면 이전에는 눈에 넣어도 아프지 않을 것 같이 예뻤던 아이가 —물론 여전히 예쁘고 사랑스럽지만— 눈에 넣기에는 거슬리는 것들이 조금씩 보이기 시작했다. 이전까지 아이들과 함께 보낸 가슴 벅찬 시간들이 어떻게 이렇게 휑하게 빠져나갈 수 있는지! 나는 갑자기 어제와는 완전히 다른 사람이 된 것 같았다.

그때부터 나도 일을 찾기 시작했다. 경제적인 공백을 채워야 하고, 내가 누군지를 찾고 싶다는 이 두 가지 마음으로 파트타임 등등 내가 할 수 있는 일을 찾아보았다. 그러나 내게 돌아오는 대답은 한결같았다.

"아, 아직 아이들이 많이 어리군요. 그러면 꼭 이런저런 이유로 자주 안 나오시더라고요. 죄송하지만 안 되겠네요."

속상했지만 그것이 나의 현실이었다. 따뜻한 엄마가 되는 것도,

성실한 아내로 사는 것도 다 귀한 일이다. 그렇지만 나중에 내 인생의 영광과 보상이 오로지 남편의 승진이나 자식의 공부 따위가 되게 하고 싶진 않았다. 고민하고 궁리하면서 하루하루가 흘러갔고, 그렇게 나는 흔히들 말하는 '경단녀'가 되었다

탱고를 만나게 해 준 교통사고

    남편은 투잡족이 되고 나는 경단녀가 되어 아이들이 우리 두 사람의 시간을 알뜰하게 받아먹던 그 시절, 내 인생을 바꾼 교통사고가 났다. 남편이 아파트 지하주차장에서 후진을 하다가 주차장 기둥에 차를 크게 박은 것이다. 이른 오후, 차가 한 대도 없는 그 넓은 주차장에서 손바닥만 한 경차를 주차하는데 어떻게 그럴 수 있는지 지금 생각해도 어이없는 웃음만 날 뿐이다. 그것으로 끝이 아니었다. 그 주에 남편은 운전해서 이동해야 하는 일정이 많이 잡혀 있었다. 할 수 없이 엄마 차를 빌릴 수밖에 없었다. 그런데 그날 오후 남편에게 갑자기 연락이 와 또 하나의 교통사고 소식을 알렸다. 엘리베이터식 주차 빌딩에서 관리 아저씨가 잠깐 자리를 비운 사이 남편은 평소에 경차를 주차하던 습관대로 주차타워에 자동차를 넣고는 버튼을 눌렀다. 그러자 곧 불길하게 '우지지지직' 하는 소리가 났다. 그 소리에 놀란 관리 아저씨가 얼굴이 하얘져서 뛰어왔다. 정지 버튼을 황급히 누르고 차를 내렸지만, 이미 차 천장은 되돌릴 수 없을 만큼 찌

그려져 있었다. 그렇다. 우리 엄마 차는 경차보다 높은 크기의 SUV 였다.

얼씨구, 일주일에 차를 두 대를 해 먹다니. 그것도 이번 건은 뽑은 지 얼마 되지 않은 엄마의 새 전기차였다. 나는 영혼 밑바닥에서부터 깊은 한숨을 내쉬고 평정심을 유지하느라 애를 썼다. 공식 서비스 센터를 찾아가자 '대체 저 인간은 어쩌다가 천장을 저렇게 해 먹은 거야' 하며 반은 한심해하고 반은 신기해하는 정비사 아저씨들의 시선이 느껴졌다. 그도 그럴 것이 그 차는 한국에 들어온 지 얼마 되지 않아서 우리 같은 신박한(?) 사고 케이스가 처음이라고 한다. 수리비는 무려 700만 원! 순간 뇌 정지가 왔다. 당장에 그 큰 돈은 구할 수 없었다. 그래도 일단 급한 불을 꺼야 했기에 전기차 동호회 채팅방을 찾아 우리의 이 믿기지 않는, 기막힌 사연을 올렸다.

차에 진심인 동호회 회원분들은 마치 본인들의 차가 우그러진 것처럼 괴로워했다. 서로 웅성웅성하며 의견을 열렬히 주고받더니 우리 집 가까이에서 사업장을 하시는 분을 소개해 주었고, 오토바이와 전기차에 취미가 있는 그분이 다시 동네 공업사 한 곳을 소개했다.

불가능은 없다! 그렇게 차를 사랑하는 분들의 순수한 오지랖으로 수리 단가는 700만 원에서 약 100만 원쯤으로 떨어졌다. 처음에 사고 낸 경차와 전기차의 수리비를 합하니 약 200만 원이 넘는 금액이 나왔다. 다행히 나에게는 쌈짓돈 300만 원이 있었다. 애들도 어리고 친정 부모님도 아프셔서 안정된 직장을 잡을 수는 없었지만, 그래도 내 형편에 시간을 쪼개서 할 수 있는 네트워크 마케팅을 하면서 조금씩 모아둔 돈이었다. 뜻하지 않은 일에 대비할 수 있어서 다행이라는 생각이 들었다.

그런데 자고 일어나니, '이 돈이 어떤 돈인데' 하는 생각이 스멀스멀 올라왔다. 물론 이 돈으로 당장 급한 차부터 수리할 수도 있다. 그게 아니라면 부족한 생활비를 메울 수도 있다. 하지만 그러면 아무런 표도 나지 않을 것이다. 생활은 여전히 허덕허덕 흘러갈 것이고 내 300만 원은 온데간데없이 사라질 것이다. 그런 생각 끝에 나는 이렇게 결론 내렸다.

'그래, 어차피 누구라도 갖다 쓸 돈이지만, 이 300만 원의 주인은 내가 한번 되어보자. 생활비가 잠깐 마이너스가 나더라도 남편이 책임지도록 내버려 두자. 스스로 날 챙겨주지 않으면 아무도 날 챙겨주지 않더라.'

그러면 이걸로 뭘 해 볼까. 며칠 고민 끝에 머리 속에 떠오른 단어, 그것은 '탱고'였다.

나의 첫 탱고

탱고를 배우기로 마음먹은 뒤 나는 남편에게 이렇게 선전포고를 했다.

"서방, 나 탱고 배울 거야. 비용은 걱정하지마. 미리 마련해 뒀어. 우리 차 수리 비용 있잖아. 그걸로 충당할 거야. 차를 수리할까 고민했었는데 마음이 바뀌었어. 이번 사고는 서방이 냈으니까 서방이 책임져. 어차피 수리 비용은 내가 번 돈이었으니까 그 돈으로 내가 하고 싶은 거 할래. 그런데 제일 해 보고 싶은 게 탱고더라고. 이제 다른 남자들 막 끌어안고 그럴 거다, 괜찮지?"

남편은 나의 갑작스러운 통보를 듣고 잠깐 움찔하더니, 금세 긴장을 풀며 웃었다. 그 웃음은 금방 재미있어 죽겠다는 표정으로 바뀌었다.

"그래, 마음껏 껴안아라! 너 옛날에 교회에서 워십 댄스 같은 거 하면 교회 오빠들이 다 너만 쳐다봤던 거 알어?"

"뭐라고? 왜?"

"제일 거룩하지 않게 춰서? 어쨌든 네가 제일 눈에 띄었어."

나중에 물어보니 남편은 그때 탱고를 배우겠다는 내 얼굴이 너무 결연해서 감히 반대할 엄두가 나지 않았다고 했다. 이마저 반대하면 최소 나쁜 놈이 되거나 최악의 경우 쫓겨날 것 같았다고 했다. 하긴, 남편은 그동안 지은 죄가 많아 자기 의견 따위는 별로 중요하지 않다는 걸 벌써 깨우친 상태였다. 탱고를 배우고 싶다는 그 말은 결혼 생활 14년 만에 내가 뭘 좀 해 보겠다고 처음으로 꺼내 본 말이었다.

탱고는 예전에 딱 한 번 접해 본 적이 있다. 2006년, 뮌헨으로 떠나기 직전이었다. 독일 유학은 '도제' 방식이라 지도 교수가 '그래, 이만하면 됐다. 하산해라.' 할 때까지 공부를 해야 한다고 들었다. 언제 끝날지 기약할 수 없는 상황이었다. 그렇게 되면 앞으로 한국에 오랫동안 못 올 수도 있는데 나도 뭔가를 준비해야 할 것 같았다. 음식을 배워갈까 아니면 어학을 좀 더 준비할까. 그런데 이상하게 그런 실용적인 것보다 자꾸 '탱고'가 떠오르는 것이었다. 그렇게 나는 결혼식을 3개월 앞두고 탱고를 처음 만났다.

지금은 없어진 '땅게리아'라는 탱고 학원에 처음 들어섰을 때가 생각난다. 낯설고 어색했다. 실내조명이 너무 어두웠고, 바Bar처럼 생긴 곳에 술도 제법 놓여 있었는데 나는 그때까지 나이트클럽이나 술집 한번 가보지 않은 '유교 걸'이었다. 게다가 처음 신어 보는 탱고 슈즈의 힐은 어찌나 높던지 발은 마구 아프다고 아우성을 쳤다. 괴성을 지르는 발에게 얼른 다독이는 말을 건넸다.

'지금 나가면 다른 남자를 안아볼 수 없어! 3개월 뒤면 넌 평생 한 남자와 살아야 한다고!'

나는 심호흡을 하고 마치 꼬마가 엄마 구두를 신은 것처럼 어기적거리며 겨우겨우 수업을 좇아갔다. 그렇게 들은 첫 탱고 수업은 기대만큼 신나거나 재미있지는 않았다. 게다가 내 기대와는 달리 수업은 처음부터 끝까지 여자들끼리만 했다.

다음 주 두 번째 수업에 갔더니 수강생의 숫자가 1/3로 줄어 있었다. '아, 역시' 하고 후회하고 있는데 누군가 말을 붙였다. 기왕 힘들게 왔으니 '쁘락띠까practica'를 하고 가면 어떠냐는 것이었다. 쁘락띠까는 수업 때 배운 기본 동작을 연습하는 것이다. 그러면서 나를 마르고 키가 크신 어떤 남자분께 데려갔다.

"이 분은 TV 출연도 하시고 탱고 대회에서 은메달도 따신 아주 유명한 분이세요."

소개받은 분은 내게 탱고 홀딩이 불편하거나 부담스러우면 이야기해달라고 말씀하시고는 자세를 잡은 뒤 지난주에 배운 기본 스텝들을 다시 알려주셨다. 그런데 세상에나! 지난주에는 균형을 전혀 못 잡고 무겁기만 했던 내 발이 마치 날개를 단 듯 자연스럽고 가볍게 리듬을 타며 움직이고 있었다. 아니, 말로만 듣던 '구름 위를 걷는 기분'이었다. 어떻게 이럴 수 있지? 꿈을 꾸는 것 같았다. 집으로 돌아온 뒤에도 마음이 여전히 설레 침대에 누워 다리를 이리저리 움직여 보다가 잠이 들었다. 뭔가 신나는 일이 생길 것 같은 두근거림. 안 되던 게 갑자기 되는 마술 같은 신기함. 다음 수업이 무척 기다려졌다.

기다리던 세 번째 수업. 기대가 큰 만큼 열심히 수업에 임했지만, 마법은 되풀이되지 않았다. 수업 내내 발은 무겁고 중심을 잡지 못해 이리저리 흔들렸다. 대체 이 탱고라는 춤은 뭘까, 마치 콧잔등에 꽁꽁 박혀 있는 블랙헤드를 끝내 못 짜낸 것 같은, 개운치 못한 마음으로 주섬주섬 짐을 싸다가 마침 아르헨티나에서 오신 선생님들의 워크숍이 있다는 소식을 들었다.

'탱고의 나라, 아르헨티나에서 온 선생님이라고?'

나는 망설임 없이 참석하기로 했다. 지난주의 그 '기적'을 되찾고 싶었다. 하지만 당일 워크숍에는 이미 너무 많은 사람이 있었고, 서로 무리 지어 이야기를 나누는 통에 멀뚱히 꿔다 놓은 보릿자루마냥 서 있을 수밖에 없었다. 게다가 아르헨티나에서 오신 선생님은 잘 보이지도 않았다. 그는 아르헨티나만큼이나 내게서 멀리 떨어져 있었다. 내 옆에 멀뚱멀뚱 서 있다가 우연히 나와 수업 파트너가 된 남자분과는 할 수 있는 동작이 거의 없었다. 우리는 수업을 따라가지도 못하고 함께 헤매기만 했다. 동작 하나하나가 혼란스러웠고, 배운 것조차도 기억나지 않았다. 내가 대체 여기서 뭘 하고 있는 건지, 순간 시간과 돈이 너무 아깝다는 생각이 들었다. 기적에 대한 기대감이 너무 컸던 나머지 실망감도 빨리 찾아왔다.

탱고와의 첫 만남은 거기서 멈췄다. 하지만 '마법'의 순간을 되찾지 못한 아쉬움만은 남았다. 어쩌면 그 아쉬움이 내 마음속에 뿌려진 탱고의 씨앗을 키워 싹트게 한 건 아닐까. 그 싹이 아무도 모르게 14년의 세월 동안 자라서 단단히 뿌리를 내린 게 아닐까.

여왕이 되세요

'어? 탱고 학원이 언제 이렇게 많이 생겼지?'

독일에 다녀오고 아이들을 키운 지 14년간, 내 삶만 변한 게 아니었다. 그간 탱고를 배울 수 있는 선택지가 몰라보게 늘어서 고르는 게 고민일 정도였다. 이왕 하기로 했으니 제대로, 잘 배우자는 마음이었고, 무엇보다 좋은 선생님을 만나고 싶었다. 종이를 꺼내 학원의 이름과 위치. 시간표. 선생님의 이름을 하나하나 적고 영상을 찾아보았다. 불친절한 홈페이지, 낯선 탱고 용어, 정리 안 된 커리큘럼 등의 난관을 넘어 정보들을 모으니 점차 전체적인 그림을 알 수 있었다. 서울의 경우 주로 홍대나 강남을 중심으로 탱고 학원들이 모여 있었다.

나는 학원 선생님들의 신문 기사를 일일이 찾아 읽어보고 인터넷에 올라온 탱고 영상도 여러 번 자세히 보았다. 처음에는 영상을 보는 족족 감탄했다. 저 늘씬한 다리 좀 봐! 경쾌한 스텝과 절도 있는 동작들! 화면 안으로 파고들 듯 보면서 탱고 댄서들의 열정과 성실함을 느낄 수 있었다.

하지만 여러 번 보니 뭔지 모를 불편한 느낌을 감지하게 되었다. 분명 동작 자체는 깔끔한데 탱고 음악과 마치 겨루기를 하는 듯 쫓기는 경우도 있었고, 댄서 두 사람의 사이가 좋은 것 같은데 막상 춤을 출 때는 마치 서로 눈에 더 띄려고 경쟁하는 느낌을 받은 적도 있었다. 남자와 여자가 자신의 기운, 에너지, 매력을 뿜어내기에만 급급한 '생존의 느낌'. 열정적이지만 어딘가 어둡고, 함께 추지만 외로워 보이는 저런 게 정말 탱고라고? 나를 겁나게 만든 어두운 정글의 분위기가 바로 여기서 나온 것 같았다.

밝은 세계를 버리고 어둠의 세계로 굳이 들어가야만 탱고를 만날 수 있다고 생각하니 망설여졌다. 나는 그저 탱고에 관심이 있을 뿐인데, 일상과 분리된 밤의 세계로 입장해야 한다면…. 아, 부담스러웠다.

그런 와중에 보기 드문 영상을 발견했다. 이분은 첫눈에도 느낌이 달랐다. 그의 탱고에는 나를 불편하게 만드는 야생의 느낌이 별로 없었다. 뭔가 자연스럽고 여유로워 보였다. 음악이 춤을 타고 그의 몸 안으로 흘러 들어가는 것 같았다. 과시하려는 동작, 조급한 동작 없이 음악과 자연스럽게 어우러지는 느낌이었다.

특별히 인상적인 장면이 있었다. 선생님께서 음악에 맞춰 턴을 하시는 그 순간, 얼굴에 천진난만한 미소가 슬며시 떠오르는데 그 자신감과 즐거움이 온몸으로 뻗어나가는 듯했다. 움직임이 그려내는 자연스러운 곡선도 매끄럽고 우아했다. 몰입하지만 힘을 뺄 줄 아는 여유, 파트너를 강요하지 않는 은근한 매력과 긴장을 풀어주는 경쾌한 장난스러움.

'그래, 내가 찾던 게 이거였어!'

막연했던 나의 바람이 구체화되어 내 앞에 나타난 것 같았다. 이제 주저하는 마음은 사라졌다. 비로소 탱고가 시작될 것 같았다(바로 이분이 현재 나를 가르치는 선생님이다).

이제 구체적인 상황들을 정리해야 했다. 보통 탱고 수업은 대부분 저녁에 진행되는데 나는 아이들이 아직 어려서 오전밖에 시간이 나지 않았다. 그래서 단체 레슨 대신 시간을 자유롭게 사용할 수 있는 개인 레슨을 받기로 결정했다. 물론 비용은 당연히 단체 레슨보다 비쌌다. 아무리 내가 벌었지만 그 돈을 탱고 개인 레슨에 전부 투자한다는 게 결코 쉽지 않았다. 마음이 변할세라, 나는 얼른 선생님께 연락을 드렸다.

"탱고를 배우고 싶은데요. 개인 레슨 비용이랑 수업 시간대가 궁금해서 연락 드렸어요."
"아, 개인 레슨이면 시간은 아무 때나 가능하죠. 혹시 탱고를 배워

본 적은 있나요?”

“14년 전에 한 달간 ‘땅게리아’라는 곳에서 배운 적은 있는데 너무 옛날이어서요. 처음 배운다고 보시면 돼요.”

“14년 전이고 땅게리아면 거기서 나를 봤을 수도 있겠는데요?”

“워낙 잠깐 배운 거고 수업만 듣고 집에 가서 아마 못 뵈었을 거예요.”

“그렇군요. 그러면 수업은 언제부터 시작할까요? ”

재간이 가득한 목소리였다. 속전속결로 이야기를 나눈 다음 첫 수업 날짜를 잡았다. 그리고 이틀 뒤, 드디어 궁금했던 선생님을 실제로 만났다.

연한 베이지색 마 양복에 하얀색 와이셔츠를 입고 날선 콧날 위로 각진 안경을 쓴 선생님이 검은 자동차에서 부랴부랴 내리시더니 학원 문을 열어 주셨다. 자동차 배터리가 갑자기 나가서 조금 늦으셨다며 멋쩍게 웃으시는데 인상이 참 좋으셨다.

학원은 대부분이 그렇듯 지하에 있었다. 선생님과 함께 계단을 내려가는데 마치 놀이동산에서 배를 타고 동굴로 들어가는 기분이었다.

학원은 근사했다. 은은한 오렌지색의 불빛이 공간을 비추자 울퉁불퉁 짙은 갈색의 벽돌 기둥과 연노랑의 벽이 눈에 들어왔다. 마치 스페인의 오래된 식당 느낌이었다. 다소 어둡긴 했지만 잔잔한 불빛이 벽돌과 어우러지니 부드러운 분위기를 만들어주었다.

적당한 습기가 한여름임에도 오히려 시원하게 느껴졌다. 역시나 인상적인 것은 마룻바닥이었다. 꽤 오랜 세월을 머금은 짙은 색의 나무 블록들이 고요하게 일렬로 누워서 쉬고 있는 것 같았다.

입구 왼쪽으로는 커피나 간단한 간식을 먹을 수 있는 부엌이 있고, 오른편에는 춤을 출 수 있는 약 40평 남짓한 공간이 있었다. 그리고 그 댄스 플로어를 마주 보고 테이블과 의자가 동그랗게 둘러 있었다.

문득 나무 바닥의 질감이 궁금해졌다. 재빨리 쪼그리고 앉아서 손가락으로 살짝 바닥을 문질러 봤는데 거칠어 보이던 것과는 달리 나뭇결이 아주 매끈했다. 운동화를 신고 걷는데 고무 밑창이 자꾸 삑삑거리며 걸리적거렸다. 나무 바닥이 빨리 탱고 슈즈로 갈아 신으라며 내 발을 밀어내는 것만 같았다.

벽에는 파란 바탕에 흰색 글자로 '라슘바 La Yumba'라는 학원 이름이 걸려 있었고, 옆으로는 처음 보는 그림이 그려져 있었다. 노란색 털로 만든 듯한 커다란 부채 모양의 그림이었는데 뜬금없이 선녀와 나무꾼에 나오는 날개옷이 생각났다. '춤을 추는 건 날개를 단다는 것일까'라며 혼자 피식 웃었다. 나중에 알고 보니 그 독특한 그림은 아르헨티나의 수도 부에노스아이레스에서 유래한 '필레테아도fileteado'라는 문양이었다. 시선을 돌리니 노란 벽에 흑백 사진들이 걸려 있었다.

카를로스 가르델Carlos Gardel,(1890~1935), 오스발도 뿌글리에쎄Osvaldo Pugliese, (1905~1995), 카를로스 디사를리Carlos Di Sarli, (1903~1960), 아니발 트로일로Aníbal Troilo, (1914-1975). 나중에 알고 보니 이들 모두 탱고 역사에 한 획을 그은 저명한 사람들이었다.

고요하고 따뜻한 공간이었다. 마치 깊게 잠자고 있는 학원을 내가 살금살금 깨우는 것 같았다. 바깥 세상과는 전혀 다른 세계로 들어온 기분이었다. 우려와 달리 이 세계는 따뜻하고 온화했다. 선생님도 그런 분이었다. 조금은 허술해 보이기도 하고, 웃을 때 장난기가 흘러나오는 분이었다.

첫 시간부터 늦은 게 미안하셨는지 눈을 동그랗게 뜨고 고개를 연거푸 숙이셨다. 영락없이 길에서 보는 평범한 아저씨다. 영상에서 본 날카로운 이미지와는 달리 실제로는 더 유순하게 느껴졌다.

소파에 앉아 왜 탱고를 배우고 싶었는지, 어떻게 선생님을 알게되고, 이곳까지 오게 되었는지 차분하지만 열정이 묻어 나는 목소리로 말씀드렸다. 이야기를 쏟아내고 나니 눈치 없이 내 이야기만 한 것 같아 조금 무안하기도 하고, 선생님이 나를 어떻게 보셨을지 궁금해지기도 했다.

선생님은 나를 위한 커피 한 잔, 본인이 마실 진한 에스프레소를 가지고 오신 뒤 수업을 시작했다.

탱고는 독일, 이탈리아, 프랑스 등 유럽 각지에서 아르헨티나 드림을 품고 이민 온 노동자들로부터 시작되었다. 항구에서, 물류 창

[라숌바] _사진 제공: 이지윤

"매끈한 나무 바닥이 빨리 탱고 슈즈로 갈아 신으라며 내 발을 밀
어내는 것만 같았다"

고에서의 고단함을 풀고 고향을 떠나 살아가는 외로움을 달래기 위해 시작된 춤이었다. 피곤함과 외로움을 달래느라 서로를 끌어안는 것이 탱고의 특징이다. 낯선 사람이라도 관계없다. 사람의 온기를 충분히 나눈다. 그렇게 기묘한 생명력을 가진 춤이 다시 유럽과 미주로 전파되고 세계적으로 유행을 타고 퍼져 나가 먼 곳에 있는 우리에게 도달한 것이다.

탱고에 대한 이야기를 간단히 듣고, 실제 동작을 배우기 위해 플로어로 자리를 옮겼다. 그런데 플로어로 나가자 선생님의 눈빛이 갑자기 달라졌다. 팔을 모으고 다리를 뻗어가며 탱고의 기본 동작을 보여주시는데 처음의 편안하고 조금 어수룩한 모습은 어디론가 사라지고 눈빛이 강렬해지면서 선생님의 동그란 두 눈이 반짝반짝 빛이 났다. 그 빛은 일상의 빛이 아니었다. 그것은 진짜 좋아하는 것을 대할 때 나오는 진실한 눈빛이었다. 아무리 직업으로 춤을 추는 거라 해도 순간적으로 이렇게 집중하고 몰입하는 것은 정말 어려운 일이다.

순식간에 달라진 선생님의 분위기에 감탄이 저절로 나왔다. '선생님은 탱고를 정말 좋아하시는구나. 탱고 없이는 못 사는 분이시구나. 이런 분께 탱고를 배우게 되어 정말 다행이다.'라는 생각이 들었다. 나 역시 선생님과는 비교가 안되겠지만, 살고 싶어서 탱고를 배우는 거니까. 선생님의 달라진 눈빛을 보자 오히려 마음의 경계가 풀리고 안심이 되었다. 믿을 만한 선생님을 찾았으니 이제부터 나만 잘하면 된다. 내가 애써서 찾아온 이곳에 마음을 두어도 되겠다.

선생님은 탱고의 가장 기본자세인 '아브라소abrazo'에 대한 이야기를 하셨다.

'아브라소'는 '포옹'이라는 뜻으로 탱고를 출 때 취하는 가장 기본자세다. 한 손으로는 상대방의 등을 안듯이 올리고 나머지 한 손으로는 상대방의 손을 가볍게 잡아 올린다. 이 자세가 아브라소다. 아르헨티나에서는 인사를 할 때 너무 가볍지도, 너무 무겁지도 않게 서로를 안는 것으로 인사를 한다. 꼭 포옹의 느낌이 나야 하는데 이 순간의 느낌을 아브라소의 기준으로 삼으면 된다고 하셨다. 이렇게 설명하신 뒤 선생님은 나와 함께 아브라소 동작을 취하셨다. 그런데 선생님이 갑자기 놀란 눈으로 '어어어' 하시더니 이렇게 말씀하시는 거였다.

"아브라소가 정말 좋네. 정말 처음인 거 맞아요?"

"네? 아브라소가 좋다구요? 어떻게 좋은데요?"

"어, 그러니까 타인을 경계하지 않아요. 보통 아브라소를 처음 배우면 긴장하고 밀어내는 게 있는데 승은 님은 그렇지 않네요. 아브라소가 굉장히 편안해요. 승은 님은 탱고를 아주 잘 출 것 같아요. 이거 빈말 아니에요. 제가 보니까 승은 님한테 되게 좋은 원석이 있네요. 제가 그 원석을 잘 깎아 놓을 테니 이왕 시작한 거, 여왕이 되세요."

'여왕? 원석?' 낯설었다. 하지만 좋았다. 이게 얼마만의 칭찬인지. 사실 그동안 칭찬을 전혀 못 들으며 산 것은 아니었다. 아이를

[아브라소 자세] _사진 제공: 이지윤

잘 키운다는 칭찬도 꽤 들었고, 남편의 내조를 잘한다는 칭찬도 들었으며, 음식을 복스럽게 먹는다는 칭찬도 들었다. 그런데 그 칭찬들은 이상하게 마음에서 썰물처럼 빠져나갔다. 고맙긴 했으나 만족스럽지는 않았다. 그런 칭찬은 누구에게나 하는 흔한 칭찬으로만 들렸고, 오직 나만의 특징을 잡아 진정성 있게 전해주는 칭찬으로 들리지는 않았다. 그래서일까. 선생님의 칭찬이 참 반갑고 달았다. 선생님의 마지막 말 "여왕이 되라"라는 말을 듣는 순간 어떠한 의구심도 갖지 않고 문자 그대로 내 마음에 흡수되었다.

'그래, 이왕 하는 거 여왕이 되자!'

수업을 마치고 돌아오는 내내 여왕이 되고픈 기대감과 흥분이 가시지 않았다.

분기탱천의 탱고

네 번째 수업을 듣는 날이었다. 느닷없이 선생님이 이번 주 학원에서 하는 밀롱가 때 올 수 있냐고 물으셨다.

"밀롱가요? 아, 저번에 탱고 추는 곳이 밀롱가라고 하지 않으셨어요?"

"맞아요. 탱고 추는 곳을 '밀롱가'라고 해요. 우리 학원에서는 일주일에 한 번 밀롱가가 열려요. 그때가 제 생일이라 아마 생일파티를 할 거 같은데 시간이 괜찮은가요?"

나중에 알고 보니 밀롱가라는 장소가 따로 있는 게 아니었다. 그저 탱고를 추기 위해 여러 사람이 어떤 약속된 장소에 모이면 그때 그곳을 '밀롱가milonga'라고 불렀다. 그러니까 우리 학원도 밀롱가가 될 수 있고, 호텔이나 음식점의 커다란 홀에서 밀롱가가 열릴 수도 있다. 살사바나 클럽처럼 탱고를 추는 클럽이라고 생각하면 된다.

보통 탱고 학원마다 정해진 시간에 밀롱가를 여는데, 우리 학원에서는 생일을 맞이한 사람이 모든 참석자와 돌아가면서 탱고를 추는 작은 세레모니(일명 '생일빵')를 하고 있었다. 나이트클럽 한번 가보지 않았던 터라 여러 사람이 돌아가며 탱고를 춘다는 게 상상이 되지 않았다. 그저 선생님 생일이니까 축하드리러 가야지, 하고 생일 선물을 챙겨 밀롱가 시간에 맞춰 학원에 갔다.

늘 혼자 수업을 받아 조용했던 그곳이 왁자지껄 분주했다. 테이블 위에는 맛깔스러운 음식들이 놓여 있었고, 사람들의 활기로 차분하던 평소의 학원과는 다른 분위기였다. 드레스를 입은 예쁜 여자들과 말쑥하게 차려입은 남자들은 서로 눈빛을 주고받더니 탱고를 추기 시작했다. 조금 전까지 점잖게 인사만 나눴던 평범하고 수줍어 보이던 사람들이 저렇게 멋들어지게 탱고를 추다니, 이건 또 무슨 세상인가. 갑자기 마법이라도 걸린 듯 신기한 광경이었다. 배운 지 얼마 안 되는 나는 아직 저 즐거움에 참여할 수 없다. 무리해서 나왔는데 지금 이 순간 할 수 있는 게 아무것도 없다니!

드디어 선생님의 생일빵 세레모니 시간이 왔다. 아까 봤던 예쁜 여자들이 순서대로 돌아가면서 선생님과 음악에 맞춰 탱고를 췄다. 선생님은 노련하게 주어진 시간 동안 사람마다 음악마다 다른 탱고를 유쾌하게 풀어내셨고, 같이 추는 파트너들도 약간은 쑥스러워하면서도, 즐겁게 탱고를 췄다. '아, 저 정도 추려면 얼마나 걸릴까' 멍하니 혼자만의 생각을 하고 있는데 갑자기 누군가 옆에서 나를 떠밀었다. 나도 선생님과 '탱고 생일빵'을 해야 한다는 것이다. 배운지 한 달도 안 된지라 당황했지만, 아이들 손을 뿌리치고 없는 시간을 쪼개서 여기까지 나왔는데 한번 도전이라도 해 보자는 쪽으로 마음이 바뀌었다.

선생님의 손을 잡고 스텝을 밟는다. 하나, 둘, 셋! 얼음! 나는 그대로 얼어버렸다. 수업과 실전은 하늘과 땅 차이였다. 수업 때는 선생님이 하나하나 알려주서서 따라갈 수가 있었는데 정작 실전에서는 선생님의 리드 동작을 하나도 읽을 수가 없었다. 용기를 내서 나왔지만 많은 사람이 나를 지켜보고 있다는 것도 긴장되었다. 머릿속은 하얘졌다. 그 자리에 얼어서 꼼짝도 못하는 나를 선생님은 다독여서 자리로 돌려보냈다. 그 뒤로는 아무것도 눈에 들어오지 않았다. 이렇게 헤매고 있는데, 여왕이 되라니! 상술일까, 기분 좋아지라고 하신 말일까 의심이 들었다. 나름 잘할 거 같았는데 정작 밀롱가에선 아무것도 못 한 내가 한심하고 실망스러웠다. 나는 애써 태연한 척 구석에 앉아있다가 도망치듯 빠져나왔다.

침대에 누웠는데도 잠이 오지 않았다. 부끄러움과 무안함이 몰려왔고, 다른 무엇보다 분한 감정이 쏟아졌다. 수업은 겨우 네 번밖에 듣지 않았지만, '좀 더 잘 움직였어야지. 어떻게 시작한 탱곤데, 개인 레슨까지 받는데 겨우 이 정도라니…. 이렇게 아무것도 못 하면 어떡해.'라는 생각에 나의 밤은 분노로 하얗게 활활 타올랐다.

'두고 보자! 1년 안에 이 춤을 마스터해 보이겠다!'

훗날 알고 보니 탱고를 1년 안에 완벽하게 춘다는 건 지나가던 엿장수가 웃을 소리였다. 탱고는 즉흥으로 추는 춤이라 다른 춤에 비해서 배우기도 어렵고, 시간도 더 오래 걸린다는 것을 그때는 알지 못했다. 탱고는 정해진 동작을 추는 것이 아니라 땅게로(남자 댄서)가 그때그때 주는 리드(신호)를 땅게라(여자 댄서)가 읽어내서 함께 동작을 만들어 나가는 춤이다. 사람마다 말투가 다르듯이 리드를 주는 스타일도 제각각이다. 집집마다 전해져 오는 손맛이 다르듯, 탱고도 추는 사람이 지닌 리듬, 느낌, 체형, 몸의 기운에 따라 그맛이 다 다르다. 그래서 탱고는 보기보다 어려운 춤이고, 그런 이유로 입문자의 수도 적은 편이다. 이 사실을 모르고 1년만 덤비면 되겠지, 했던 내 분기탱천의 탱고는 뭘 몰라도 좀 심하게 몰라서 가능했던 것 같다.

여하튼 나는 눈이 뒤집혀 탱고를 좀 더 빨리 내 것으로 만들 수 있는 방법을 찾기 시작했다. 아이를 키우는 중이니 하루에 내가 쓸 수 있는 시간은 한정되었고, 수업은 일주일에 두 번 정도만 들을 수 있었다. 그래서 수업 시간의 1분을 10분처럼 사용했다. 수업 때 배운 동작을 가능한 그 시간에 완전히 체득하려 했다. 또 저녁에 시간을 내서 그룹 레슨을 병행하기로 했다. 그 이후로는 한 번 갈 때 가

급적 두 클래스 이상을 들었으며, 오가는 길에는 탱고 음악을 들으며 멜로디를 외우고 그 분위기를 익히려 했다.

출산 이후 몸을 움직이는 일을 해 본 적이 없으니 몸이 따라주지 않는 것은 당연했다. 몸을 깨워야 했다. 그나마 자유롭게 쓸 수 있는 시간은 아이들이 잠든 밤 11시 이후였다. 쌔근쌔근 아이들의 숨소리를 자장가 삼아 자고 싶은 마음을 뿌리치고 운동화를 신고 밖으로 나갔다. 몸이 천근만근이었지만 하체의 힘이라도 기르기 위해 한 시간 정도 걸었다. 몸이 무거워 한숨이 절로 나왔지만, 나만의 시간에 나만을 위한 걸음이 너무 신나고 좋았다. 이어폰으로 전해오는 음악을 들으며 걷다 보면 일과 육아 때문에 축 처진 몸들이 점점 가벼워졌다. 밤이라 예민해진 몸의 감각들 덕에 시원하고 부드러운 공기를 좀 더 세밀하게 느낄 수 있었다. 낮에는 체감하지 못한 것이었다.

그렇게 처음에는 힘들었던 운동이 시간이 갈수록 점점 일상으로 자리 잡게 되었고, 그 시간을 무척 설레며 기다리게 되었다.

어느 날 밤, 열심히 걷고 있는데 갑자기 비가 쏟아졌다. 평소 같으면 비를 피하기 위해 빨리 집으로 돌아갔을 텐데 이상하게 그날은 온몸으로 비를 맞고 싶어졌다. 몸에 닿는 비의 촉감과 귓가에 들려오는 악기의 소리가 동시에 느껴지자 전혀 느끼지 못했던 감정들이 깨어나는 듯했다. 그 때, 탱고는 나에게 그렇게 다가와 말을 건넸다. 탱고 수업을 듣고, 나를 위해 걷고, 이렇게 나를 위한 온전한 시간을 가져 본 적이 언제였던가. 아이들이, 남편이, 다른 사람이 내 시간을 쓰는 게 더 익숙했었는데, 내가 내 시간을 내가 원하는 곳에 쓸 수 있다니. 일주일에 한두 시간의 레슨과 하루 한두 시간의 산책이었지만, 그게 얼마나 기뻤는지 모른다. 이게 제대로 살아가는 것이구나, 숨을 쉰다는 게 이런 기분이구나, 라는 느낌이었다.

그렇다고 늘 즐거운 것만은 아니었다. 믿고 따를 수 있는 실력자 선생님을 만났다고 해서 실력이 절로 늘진 않았다. 시간을 내는 건 그나마 할만했다. 수면 시간을 줄이고, 탱고 수업을 가기 위해 미리 저녁을 준비해 자리를 비워도 문제가 없도록 만들어 놓았다. 그것은 애쓰고 준비하면 되는 문제였다. 엄마가 자신의 시간을 즐기느라 애들을 나 몰라라 한다는 소리는 듣기 싫었다. 탱고를 욕 먹이기 싫었다고나 할까. 그래서 배달 음식을 시켜준 적은 단 한 번도 없었고, 꼭 저녁은 직접 만들어 놓고 나갔다.

아침마다 아이들을 꼭 끌어 안아주고, 엄마의 부재에 아이들이 혹시 불편하거나 서운하거나 힘들었던 게 없었는지 꼭 물어보았는데, 아이들은 엄마가 중요한 일에 집중하고 있다는 것을 잘 알고 있다는 듯이, 엄마가 있어도 좋고, 없으면 없는 대로 자기들끼리 즐겁게 시간을 보냈다. 다만 내가 들어오면 내 곁에 바싹 붙어서 삼십 분이고, 한 시간이고, 재잘거리다 잠이 들곤 했다. 아이들을 생각하면 정말 고마울 뿐이다.

정작 가장 힘들었던 건 나 자신이었다. 마음의 속도를 몸이 따라가지 못하니 점점 더 조급해졌다. 아이를 낳고 나서 틀어진 골반 때문에 발 모양이 잘 나오지 않을 때, 남들보다 너무 늦게 시작한 게 아닌가 하는 불안감이 고개를 들었다. 자신의 세상에서 보란 듯이 뽐내는 멋진 사람들과 아무것도 갖춰 놓은 게 없는 나 자신을 비교하면서 자꾸 혼자 뒤처진 기분이 들었다. 아이들을 키울 때는 조금 천천히 가도 괜찮을 것 같아 비교조차 하지 않았는데, 나 혼자 세상에 나와 남들을 바라보니 그저 능력 없는 아줌마일 뿐이었다. 너무나 자신을 등한시하며 살았나 하는 생각에 바보가 된 기분이었다.

몸이 말을 듣게 하려는 노력과 마음을 달래는 노력. 그 두 가지를 바삐 오가며 시간을 보냈다. 지금의 나를 미워하지 않으면서 탱고와 함께 잘 지내보기로 마음먹었다.

간혹 남편이 애써 위로의 말을 건넸다. '남들보다 십 년 늦었으면 건강하게 십 년 더 살면 된다'고. 정말 그래야지. 일 년 안에 마스터할 순 없다 해도 열심히 해서 내가 좋아하는 탱고를 십 년 더 추면 된다. 그렇게 나는 탱고와 함께 내 안의 시간들을 차곡차곡 쌓아가고 있었다. 몸이 마음을 믿어주는 그 시간을 말이다.

내 마음속 춤추는 집, '라슘바'

　2020년. 탱고를 시작한 지 6개월 후. 코로나가 찾아왔다. 세상 모두가 무슨 일이 생길까 봐 곤두서 있었다. 첫 아이는 소위 말하는 코로나 1학년. 막 초등학교에 입학한 상태였다. 모두가 처음 겪는 대혼란 속에 강의를 업으로 삼는 남편은 모든 수업이 취소되면서 수입이 '제로'에 가까워졌다. 생전 처음 들어보는 바이러스에 아이들이 감염되면 어쩌지 하는 두려움에, 경제적인 어려움이 너무 길어지면 어쩌지 하는 두려움이 더해졌다. 아마 많은 사람이 비슷한 상황을 겪었으리라. 사람들이 모여야 운영되는 스포츠 시설은 정부의 방침으로 2~3개월 운영을 중단해야 했다. 잠깐의 사회적 거리두기였지만 휴관령의 여파는 생각보다 강력했다. 의무 휴관이 해제된 뒤에도 사람들은 선뜻 모일 수가 없었다. 바이러스 감염에 대한 두려움이 여전했기 때문이다. 다른 곳도 사정이 비슷했겠지만, 이때 많은 탱고 학원이 문을 닫고 말았다.

내가 다니던 탱고 학원도 어렵기는 마찬가지였다. 왁자지껄했던 분위기는 순식간에 사라졌고, 수업도 진행할 수 없었다. 함께 살을 맞대고 춤을 추던 사람들과는 겨우 SNS를 통해 안부만 종종 나누며 상황이 나아지길 기다렸다. 두어 달 지나면 다시 볼 수 있겠지, 했지만 만날 수 없는 시간이 길어지면서 다른 탱고 학원들이 문을 닫았다는 소리가 조금씩 들려왔다. 우리 학원보다 더 크고 더 많은 사람이 모이던 곳이었다. 비단 탱고 학원만이 아니었다. 다른 문화 센터나 여가 활동 프로그램을 운영하던 곳들도 모두 문을 닫았다. 덜컥 겁이 났다. 탱고를 시작한 지 얼마 안 됐는데 만약 우리 학원이 없어지면 어떻게 하지?

그때쯤 마틴 스코세이지 감독의 〈휴고〉라는 영화를 보았다. 파리역 시계탑 안에서 숨어 살고 있는 휴고는 아버지가 유품으로 남겨준 자동인형을 고치려 장난감 가게에서 부품을 도둑질하다 주인에게 걸리고 만다. 그런데 훔친 부품과 휴고의 아빠가 남겨준 낡은 노트를 보는 주인 조르주 할아버지의 표정이 심상치 않다. 그는 다짜고짜 노트를 압수해 버린다. 반드시 수첩을 되돌려 받아야 하는 휴고는 할아버지의 양손녀 이자벨과 가까워진다. 부모를 잃었다는 점, 모험을 좋아한다는 공통점 때문에 두 사람은 점차 우정을 쌓아가며 조르주 할아버지를 둘러싼 수수께끼를 풀어낸다.

사실 작중인물 조르주 멜리에스는 뤼미에르 형제가 발명한 영화에 마술 기법을 가미해 최초의 판타지 영화를 창시한 선구자였다.

한때 영화를 500여 편이나 제작했지만 1차 세계대전으로 결정적 타격을 입는다. 전쟁을 겪은 사람들이 먹고사는 데만 관심을 두면서 조르주는 결국 영화제작소 문을 닫았고, 나중에는 생필품과 음식을 사기 위해 자신이 만든 영화 필름을 모조리 팔게 된다. 자신의 영화가 녹아서 구두굽이 되는 것을 바라보며 그는 쓸쓸하게 "해피엔딩이란 영화 속에만 있다"고 말한다.

코로나 팬데믹으로 문을 닫는 탱고 학원들을 바라보는 나의 심정이 영화 속 조르주 할아버지의 마음과 같았다면 지나친 이야기일까. 뜨거운 열에 녹아 구두 굽이 되는 영화 필름을 바라보는, 그 타들어가는 마음, 자신의 모든 젊음과 열정을 모두 녹여 만든 창작물이 이제는 사람들의 발바닥 밑에서 닳아가고 있다면 얼마나 비참할까.

조르주 할아버지가 재미있는 아이디어를 스크린 위로 옮겨내어 판타지가 주는 즐거움을 나누고 싶어 했다면, 나 역시 탱고처럼 멋진 춤을 통해 타인을 끌어안는 따뜻함을 전하고 싶었다. 영화 속의 프랑스 사람들이 전쟁 이후 판타지 영화를 쓸데없는 낭비라고 여겼던 것처럼, 우리나라 역시 오래전부터 춤을 바라보는 시선이 곱지 않았다. 춤은 어두운 욕망의 탈출구이며, 반듯한 사람을 옆길로 새게 만드는 타락의 매개체라거나 '기생오라비 놀음'쯤으로 여겼다. 내가 이 나이 먹도록 나이트클럽 한번 가보지 않은 것도 사실 같은 이유였다. 밝은 분위기에서 춤출 수 있는 곳은 별로 없었던 터라, 어두침침한 클럽에 가면 뭔가 나쁜 일을 당할 것만 같은 괜한 찜찜함이 가시지 않았다.

하지만 그런 두려움은 라슘바에서의 6개월 만에 사라져 버렸다. 수영이나 테니스 같은 취미랑 별반 다르지 않은데 그동안 왜 이유 없이 탱고를 낮춰 보았을까, 납득이 가지 않았다.

탱고 선생님을 '춤 선생'이나 '기생오라비' 같은 말로 낮춰 부르는 것도 속상했다. 나는 탱고를 통해 내 '고픈 마음'이 채워지는 것을 경험했다. 그래서 누군가가 나처럼 마음이 허기가 졌다면 그에게도 탱고를 권할 수 있을 것 같았다. 그것만으로도 충분히 가치 있는 일이라고 생각했다.

그런데 내 마음속 춤추는 집이 갑자기 사라진다면? 받아들일 수 없었다. 나는 지금 내가 당장 할 수 있는 일이 무엇인지 찾아보기 시작했다. 불안해한다고 어려움이 해결이 되는 것은 아니니까.

마침 그 시기에 중소기업 거래처들에게 선결제를 해 주자는 캠페인이 있었다. 어려운 시기에 서로 돕자는 것이었다. 우리 학원에서도 혹시 미리 두어 달 정도 레슨비를 선결제하면 어떨까, 하는 생각이 들었다. 그러면 우선 선생님도 숨통이 트이고, 학원 운영에도 도움이 될 것이다. 도움을 줄 사람들을 찾아보기로 했다. 같이 수업을 듣던 동기들에게 학원 상황이 이러하니 한두 달 정도 미리 결제를 하면 어떻겠냐고 권했다. 어떤 사람은 흔쾌히 응하고 다른 사람은 시큰둥한 반응을 보였다. 다 내 마음 같지는 않았다. 형편상 거절하는 것도 그 사람의 권리이니 기분이 나쁘진 않았다. 다만 내가 너무 오지랖을 부리는 건 아닐까 하는 고민이 들기는 했다. 혹시 선생님이나 다른 학생들이 부담스러워할지도 몰랐다. 하지만 학원이 없어지는 것보단 조금 민망하더라도 오지랖을 부리는 것이 낫다는 데 생각이 미쳤다. 이런 시기에 학원이 버티기 위해서는 누군가 나서야 한다. 가능한 한 사람들의 마음과 뜻을 모으는 것이 먼저다.

고민이 계속되는 시기, 어느 날은 잘 되는 집안에는 꼭 생화가 있다는 큰할아버지의 말이 생각났다. 많은 양은 아니더라도 주기적으로 꽃을 사 갔다. '꽃들아, 이곳에 생기를 불어넣어 다오'라는 주문을 거는 마음으로 꽃을 꽃병에 꽂았다. 마음을 담은 음식이 있으면, 사람들은 입도 열고 마음도 여는 법이다. 간단히 즐길 만한 먹거리를 부담되지 않는 선에서 챙겨갔다. 어느 한 곳이 정리정돈이 안 되어 어질러져 있으면 누가 보기 전에 재빨리 정리했다. 아무도 없을 때면 바닥과 벽돌을 쓰다듬으며 '지금까지 잘 버텨왔으니 앞으로도 힘을 내 다오. 대신 내가 자주 쓰다듬어줄게' 하며 공간에도 조용히 사랑의 기를 불어 넣었다. 이런 식으로 조금씩 온기를 쏟으니 예전보다 한결 분위기가 나아졌다는 이야기를 듣게 되었다.

그러던 어느 날 마음속에서 생각 하나가 빼꼼히 고개를 들었다. 이 학원이 내 것도 아닌데 너무 과하게 행동하는 건 아닐까? 대가를 바라고 한 행동들은 아니지만, 나중에 서운한 마음이 들면 어쩌지? 이럴수록 지치지 않을 방법을 찾아야 했다. 학원이 문을 닫지 않도록 하는 것은 무엇보다 나를 위한 일이었다. 하지만 학원 자체는 내 것이 아니지 않은가. 나중에 학원을 위해 남들보다 더 애를 썼다고, 그러니까 나를 알아달라며, 인정해 달라며 나를 주장하거나 텃세 같은 걸 부리고 싶지는 않았다. 지금이야 어떻게든 마음을 다잡겠지만 나중에 서운한 마음이 찾아오면 그때는 자신이 없었다. 내가 나를 못 믿을 것 같았다.

곰곰이 생각해 보니 방법은 하나였다. 내 것이 필요했다. 내 것이 생기면 남들이 뭐라 해도 서운한 마음이 들지 않을 것 같았다. 그러니 '나만의 탱고'가 있으면 된다. 나만의 개성 있는 탱고, 남이 대신 출 수 없는 나의 탱고. 그걸 어떻게 만들어야 할까? 그렇게 코로나 시기는 내게 많은 할 일과 중요한 질문을 한꺼번에 던져 주었다.

지금 생각해 보면 코로나 시기의 탱고 학원은 내 가능성을 키우기 썩 좋은 환경이었다. 우선 스스로 내가 잘할 수 있는 것들 -나누고 챙기기 등- 을 완벽하지 않아도 마음껏 할 수 있었고, 사람들도 그런 나를 핀잔주지 않고 애정 어린 눈으로 바라봐 주었다. 게다가 배움에 있어서도 온전히 받아들여지는 경험을 했다. 넘치게 물어봐도 선생님은 늘 이해할 수 있게 답을 주셨고, 불안해하고 조급해하는 나를 안심시켜 주셨다. 어려운 시기였지만 나는 무엇보다 내 자신을 좋아하는 마음을 힘껏 키웠고, 우리 학원 라슘바 역시 내게 맞는 탱고를 찾을 수 있도록 든든한 베이스캠프가 되어 주었다.

여인의 향기

탱고를 배운다고 하니, 주변의 반응은 각양각색이었다. "아우~ 남사스러워라! 남녀가 그렇게 가까이 붙어 있어?" 하며 미간을 찌푸리는 사람도 있었고, "그래, 뭐 춤 자체가 나쁠 건 없겠지만 그래도 좀 위험한 거 아니야?" 하고 걱정하는 사람도 있었다. 악의는 없지만 "탱고? 춤바람?" 하는 적나라한 표현이 바로 튀어나오기도 했다. 생각보다 춤을 부정적으로 보는 시선은 내 주위에도 많이 퍼져 있었다.

하지만 몇몇 사람은 의외로 열렬한 관심을 보이기도 했다. "어머! 너무 멋지다. 내 버킷 리스트인데!"라거나 "나도 배우고 싶은데! 잘 배워 놔요, 나도 나중에 승은 씨한테 배우게!"라며 부러움의 시선을 보냈다. 이상하게 그 중간은 없었다. 냉담하거나 뜨겁거나 둘 중 하나였다. 그런데 가만 보니 탱고에 긍정적인 반응을 보이는 사람들이 하나 같이 꺼내는 말이 있었다.

69

"탱고? 〈여인의 향기〉에서 알 파치노가 추던 그 멋진 춤!"

오래전 영화 한 편이 많은 사람의 탱고에 대한 마음을 열어 놓았다. 나도 마찬가지였다. 하지만 나는 〈여인의 향기〉의 탱고 장면보다는 배경으로 깔린 노래를 먼저 접했다. 고등학교 때 선물 받은 카세트 테이프에 '쁘르 우나 까베짜Por una cabeza'가 수록되어 있었던 것이다. 싱그럽고도 유들유들한 바이올린 소리가 들리자 답답함이 가시고 청량감이 전해졌다. 곧 그 쨍하게 울리는 소리는 가볍게 리듬을 타기 시작했고, 나도 모르게 우아하고도 예쁜 세계를 상상하게 만들었다. 이 음악이 탱고라고? 내 귀에 울리는 탱고는 자기 색깔과 매력을 맘껏 뿜어냈다.

그로부터 몇 년 후 우연히 영화를 소개하는 TV 프로그램에서 〈여인의 향기〉를 보게 되었다. 학창시절 듣던 그 청량한 노래가 나왔다. 그리고 예의 유명한 장면이 펼쳐졌다. 알 파치노(프랭크 분)와 가브리엘 앤워(도나 분)가 즉석으로 탱고를 춘다. 세련된 검은색 홀터넥 원피스가 허리까지 깊게 파인 여인과 앞이 보이지 않지만 매너와 멋이 흐르는 노신사와의 춤사위는 그 영화의 백미라고 해도 과언이 아니다. 낯선 사람과의 신체접촉이라는 긴장감과 결코 선을 넘지 않는 반듯한 매너가 주는 안전함이 묘하게 매력적이었다. 모험과 예의가 함께 담겨 있던 그 탱고 장면은 누워서 TV를 보던 나를 벌떡 일으켜 앉혔고, 그대로 마음에 각인되었다.

물론 탱고를 배우고 나서 다시 그 장면을 봤을 땐 조금 헛웃음이 나오기도 했다. 저렇게 허리를 마구잡이로 제끼고 돌리고 하는데도 정작 알 파치노의 스텝은 하나도 잡아주질 않는다. 그는 댄서가 아니고 배우니 찍는 입장에서는 어쩔 수 없었을 거다. 하지만 시각장애인을 연기하는 알 파치노의 저 표정, 춤에 몰입하는 저 분위기만은 진짜다. 그리고 처음 보았을 때는 그저 흘려듣고 말았던 두 사람의 대화가 사실은 탱고 장면 그 자체보다 더 탱고 같다는 걸 알게 되었다.

프랭크 잠깐 자리해도 될까요? 대접이 영 소홀한 것 같아서요.

도나   전 누굴 기다리고 있어요.

프랭크 곧바로 오나요?

도나   아니요, 몇 분 내로는 올 거예요.

프랭크 몇 분이라, 그 몇 분이 어떤 사람에겐 일생이지요. 지금은 뭘 하고 계시나요?

도나   그가 오기를 기다리죠.

프랭크 그러면 앉아서 함께 기다려도 될까요? 바람둥이들이 모여드는 걸 막아드리면서요.

도나   (가볍게 웃으며) 네, 앉으세요.

프랭크 고마워요. (찰리에게) 내가 공기 중에서 향기가 난다고 했었지? 뭔지 맞춰볼게. 오길비 시스터스 비누야.

도나   놀랍군요!

프랭크는 이렇게 도나의 마음을 연다. 낯선 사람이지만 안심시키고 호기심을 불러일으키며, 무엇보다 매너 있게, 그녀에게서 잠깐의 시간을 얻어낸다. 이 몇 분 동안 낯선 두 사람이 함께할 수 있는 일이 무엇일까. 짧은 대화와 탱고다. 잠시 후 음악이 흐른다.

프랭크　도나, 어, 탱고 알아요?

도나　아뇨, 한때 배우고 싶었지만….

프랭크　그래서요?

도나　마이클이 싫어했어요.

프랭크　마이클? 지금 기다리는 사람?

도나　마이클은 탱고가 우스꽝스럽대요.

프랭크　그러는 마이클이 우스꽝스럽지요.

찰리　(얼른 끼어들며) 이 말씀, 너무 신경 쓰지 마세요. 이미 말씀 드렸죠?

도나　(웃는다)

프랭크　웃음도 아름답군요.

도나　감사합니다.

프랭크　탱고를 배우고 싶지 않나요?

도나　지금이요?

프랭크　내가 가르쳐 드리죠. 무료로요, 어때요?

도나　아, 조금 걱정이 되네요.

프랭크　뭐가요?

도나   음, 제가 실수할까 봐요.

프랭크   탱고에는 실수라는 게 없어요. 인생과는 달리 단순하죠. 탱고는 정말 멋진 거예요. 만약 당신이 실수하면 스텝이 엉키고 그게 바로 탱고지요. … 한번 해 봅시다. 어때요?

도나   좋아요, 한번 해 보죠.

　주저하는 눈빛이 호기심으로 바뀐다. 주위의 시선 때문에 억눌려 있던 마음이 다시 설렌다. '실수하는 것도 탱고'라는 말에 안심이 된다. 낯선 사람이 줄 수 있는 호의와 너그러운 마음이 도나에게 자유를 준 것이다. 어쩌면 프랭크는 공기 중에서 맡은 향기의 주인을 찾아서 그 향기로운 시간을 되돌려주려고 한 건지도 모른다. 누군지 모를 여인에게서 느낀 아름다움에 대한 보답이었을까. 〈여인의 향기〉라는 영화 제목은 분명 이 장면에서 나왔을 것이다.

　두 시간 반의 상영 시간 중에 '도나'가 등장하는 것은 7분쯤 되는 이 장면 하나뿐이다. 그러니 프랭크와 도나는 정말로 낯선 사람이고 잠깐 스쳐 지나간 인연이다. 그래서 이 장면은 정말 탱고 그 자체 같다.

　낯선 사람이라고 모두가 두렵거나 피해야 하는 이는 아니다. 낯선 사람끼리도 따뜻함과 설렘을, 인간다운 온정을 나눌 수 있다. 단, 작중 프랭크가 보여 준 매너와 예의, 존중을 갖췄다면 말이다.

Chapter

2

탱고에게 배우다

3분으로 겪는 인생, 탱고

탱고를 시작했다는 기쁨에 뭐든 할 수 있을 것만 같았다. 마음을 불사르며 덤벼들면 모든 게 따라올 줄 알았다. 그러나 실제로는 그렇지 않았다. 수업을 듣고 끝날 때면 얼추 탱고의 흉내라도 낼 수 있었지만, 다음 수업 때가 돌아오면 내 몸은 다시 탱고를 배우기 전의 무無의 상태로 돌아갔다. 칭찬을 받고, 잠재력을 터뜨리며 발에 날개라도 달 줄 알았는데, 한두 달의 설렘이 가시고 나니 나를 기다리고 있는 건 좌절과 막막함뿐이었다. 무엇보다 같은 동작을 반복해서 연습하는 기간이 한두 달이 아닌, 몇 년이나 지속될 줄은 몰랐다.

탱고와 삶은 함께 흘렀다. 늘 먹고사는 일과 함께였다. 아이를 돌보는 일과 함께였고, 음식을 만들고 집안 청소를 하는 일과 함께였다. 왼쪽 머리는 평소에 '내가 해야 하는 일'로 돌아가고 있었고, 오른쪽 머리는 '내가 하고 싶은 일'로 돌아가고 있었다. 그러다 보니 당연히 모든 일에 효율이 떨어졌다. 한 가지 일을 집중해서 하는 것과 각기 성격이 다른 서너 가지 일을 나눠서 해야 하는 것은 애초에 매우 다른 일이었다.

가던 길을 가는 게 아니라 새로 땅을 파고 길을 깔아야 한다. 그런데 파내야 할 돌과 흙이 너무 많다. 더디게 가는 시간과 완성되지 못한 채 끝난 하루를 보며 참 많은 한숨을 내쉬었다. 좋아하는 탱고를 열심히 하니 금방 꽃길만 걸을 줄 알았는데 그 길을 가기 위해선 먼저 자갈을 골라내야 했다. 좋아하는 일을 한다는 것은 그 일에 흠뻑 취해 기분 좋은 상태에 머물러 있는 게 아니라 오히려 내 한정된 시간을 그 일에 집중하기 위해 늘 신경을 곤두세워야 하는 일이라는 걸 깨달았다. 늦게 시작한 발걸음으로 새길을 닦으려니 남들보다 더 많은 돌을 골라내야 하는 것은 당연지사다.

밖에서 보던 탱고와 배움의 길 안에서 마주친 탱고 또한 서로 달라서 새롭게 알아가야 했다. 춤을 추기 전에 춤을 신청하는 것부터 배워야 했다. 밀롱가에서 춤 신청을 할 때는 알 파치노처럼 점잖은 매너와 수려한 말로 하는 게 아니다. 말 대신 눈빛으로 소통해야 한다. 그것이 '까베세오cabeceo'라는 탱고만의 독특한 춤 신청 문화다. 그런데 이게 간단하지 않다. 우리나라는 상대의 눈을 똑바로 바라보는 걸 예의 없는 행동으로 여기기에 눈으로 춤을 신청한다는 것 자체가 낯설다. 오죽하면 실제 춤을 추는 것보다 '까베세오'가 더 어렵다는 말이 나올까.

상대를 안는 탱고의 기본자세인 '아브라소' 역시 겉으로 봤을 땐 살짝 상대방에 기대서 추는 것 같아 편할 줄 알았는데 착각이었다. 각자가 자신의 자세로 꼿꼿이 서서 상대를 안고 각자 움직이되 상대와 조화를 이뤄 춤을 춰야 한다. 아브라소를 통해 나는 인생의 가르침을 한 가지 얻었다. 내가 온전하게 서 있지 않으면, 상대를 안아줄 수도 없다. 그런데 온전히 서 있으려면 기초가 필요했다.

탱고를 배우면서 나는 내가 내 몸 하나 가누지 못한다는 것을 처음 알았다. 필요한 것은 마음만이 아니었다. 탱고는 근육도 요구했다. 탱고의 에너지와 우아함을 몸에 담아내기 위해서는 체력과 바른 자세가 필요했고, 이를 위해서는 생활습관을 개선해야 했다. 이외에 상대의 리드를 읽어내고 소통하기 위한 커넥션, 즉흥적으로 만들어지는 춤 동작을 순간순간 따라가기 위한 집중력, 음악을 듣는 예민한 귀, 무엇보다 이 모든 것의 밑바탕에 '꼬라손corazon(탱고의 기본이 되는 마음)'이 있어야 탱고를 온전히 품을 수 있었다. 마음을 쏟지 않는 탱고는 그저 기술이나 체육 활동에 지나지 않는다.

이렇게 탱고를 만나다 보니 조금씩 보이는 것들이 생겨났다. 그 과정들을 따라가다 보니 탱고를 통해 만나는 것은 결국 '삶'이었다. 탱고에 대한 나만의 시각이 생기니 삶이 재미있어졌다. 나만의 세계가 태어나서 점점 성장하는 것이 보이기 시작했고, 이 세계를 잘 키워내고 싶어졌다. 살아 있다는 기쁨이 이런 감정일까. 탱고를 통해 보게 된 새로운 삶이 내 가슴을 울렸고, 머리가 차분해졌다. 그리고 무엇보다 매순간을 더 애절하게 만들어 주었다. 하루하루가 이토록 소중하다니. 가버리면 다시 오지 않는 오늘은 마치 한 번의 탱고와 같았다.

탱고는 순간의 춤이자 즉흥의 춤이다. 3분의 짧은 시간 안에 연주되는 한 곡에 모든 힘을 다 쏟아야 한다. 그 순간은 다시 돌아오지 않는다. 같은 춤은 두 번 다시 만들어질 수 없다.

탱고는 하루의 축약이다. 다시 오지 않는 그 시간. "그 몇 분이 어떤 사람에겐 일생이지요"라던 알 파치노의 대사처럼.

탱고 수업 노트

① 까베세오 - 자유와 안전을 지켜주는 은밀한 눈빛

탱고 슈즈를 갈아 신고 상기된 마음으로 플로어로 나간다. 사람들은 벽에 붙은 의자에 앉아있다. 한쪽 구석에는 사람들이 삼삼오오 서서 이야기를 나누고 있다. 너무 밝지 않은 조명이 분위기를 한껏 부드럽게 해준다. 이 적당한 어둠이 흐르는 음악을 타고 내 마음으로 들어온다. 아, 오늘은 춤을 추기보다 사람들을 관망하고 싶다. 일부러 구석진 자리를 찾아 앉았다. 플로어의 사람들은 탱고를 추고 있고 나는 눈을 감는다. 사람들의 발을 받아주는 나무 바닥은 아래에서 조용히 삐걱거리고, 위로는 사람들의 열기와 뒤섞인 탱고 음악이 살랑거리며 바람처럼 공간을 헤집고 다닌다. 그 분위기는 마치 탱고를 추는 사람들이 서로 주고받는 호흡처럼 느껴진다.

음악이 바뀌자 마음도 바뀌었다. 마침 내가 좋아하는 음악이 흐른다. 춤을 추고 싶은 마음이 생겼다. 이 마음을 눈으로 옮겨 사람들을 둘러본다. 저 뒤에 서 있는 키 큰 남자와 눈이 마주쳤다. 순간, 느낌이 왔다! 저 남자도 지금 이 곡에 맞춰 탱고를 추고 싶구나. 남자 쪽에서 내 눈을 보며 고개를 가볍게 끄덕인다. 이때의 짜릿함이란! 나도 그의 눈을 바라보며 고개를 가볍게 끄덕인다. 그가 나의 눈을 응시하며 내가 있는 곳으로 걸어온다. 그리고 손을 내밀어 나를 일으킨 후 플로어에 함께 선다. 서로 마음과 자세를 가다듬은 후 아브라소를 취한다. 그리고 곧 음아이 흘러나오고 함께 춤을 시작한다.

탱고를 신청할 때는 말로 하지 않는다. 직접 가서 춤을 청하지도 않는다. 그러면 어떻게 서로의 마음을 읽을까? 바로 '눈빛'이다. 남자가 주변을 둘러보고 함께 춤을 추고 싶은 여자를 찾는다. 여자도 흘러나오는 노래에 춤을 추고 싶을 경우 주변을 가볍게 둘러본다. 남자가 같이 탱고를 추고 싶은 사람을 찾았을 경우 자기 자리에서 그녀의 눈을 응시한다. 누군가의 시선을 느낀 여자가 그와 함께 춤을 추고 싶다면 그 눈을 마주 보며 고개를 가볍게 끄덕인다. 순간 무언가가 연결된 것 같은 짜릿함이 감돈다. 그러면 남자는 여자와 시선을 계속 유지하며 여자가 있는 곳으로 가서 손을 내민다. 여자는 그때에야 몸을 일으킨다. 그리고 그와 함께 플로어로 나가서 탱고를 춘다. 이렇게 춤을 신청하는 방식을 '머리를 흔들다'는 스페인어의 동사 '까베세아르cabecear'의 명사형 '까베세오cabeceo'라고 부른다.

선명한 그림이 그려지지 않는다면 중고거래 '당근 마켓'을 생각하면 된다. 당근에서 원하는 물건을 발견하면 채팅으로 시간과 장소를 정한다. 거래 시간에 맞춰 약속 장소로 나간 후 주변을 둘러본다. 어딘가 어정쩡한 자세로 쇼핑백을 들고 있는 사람이 눈에 들어온다. 그도 누군가를 찾는 눈치다. 그와 눈이 마주친다. 내 쪽에서 먼저 말을 꺼낸다

"혹시 당근…?"

그러면 상대는 "아, 네 맞습니다. 여기…." 하며 물건을 내민다. 그렇게 합의하에 물건과 돈이 오가고 나면 마음에 안도감이 든다. "고맙다"는 말과 헤어진다.

탱고의 춤 신청 방식인 까베세오도 마찬가지다. 막상 낯선 곳에서 낯선 상대와 마주하려면 긴장되지만, 그 짧은 순간만 넘기고 나면 탱고 안에서 편안함을 찾을 수 있다.

까베세오는 밀롱가 안에서 매우 중요한 문화이자 예의이다. 까베세오 없이 말이나 손짓으로 신청하여 추는 건 탱고가 아니라고 말할 정도이다.

왜 이런 번거로워 보이는 방식으로 춤 신청을 하는 걸까? 그건 바로 안전하게, 자유롭게 상대방을 지켜주기 위해서다. 말로 하지

않고 눈빛으로만 은밀하게 신호를 보내야 상대를 민망하지 않게 할 수 있으니까. 남자에게는 거절을 당해도 부끄럽지 않게, 여자에게는 마음껏 거절할 수 있게, 그러니까 서로를 보호해 주고 서로에게 자유를 주기 위한 문화라는 것이다.

탱고는 그 어떤 춤보다 상대와의 거리가 가까운 춤이기에 내가 원하지 않는 사람과 출 경우 무척 불편할 수 있다. 갑자기 누군가 내게 손을 내밀며 큰 소리로 "저와 한 곡 추시겠습니까?" 하고 춤 신청을 한다고 상상해 보라. 그가 다행히 함께 추고 싶은 사람일 경우는 괜찮지만 그게 아니라면? 모두가 보고 있는 상황에서 거절은 쉽지 않다. 춤을 신청한 남자의 입장도 마찬가지다. 이렇게 공개적으로 춤 신청을 했는데 거절당할 경우, 엄청난 무안함을 감당해야 한다. 사람 많은 밀롱가에는 어디 숨을 곳도 없다. 주변의 모든 사람이 히죽거리며 놀릴 것만 같다. '저 자식 까였구나!'라고 말이다.

이러한 상황이라면 남녀 모두 자유로이 춤을 추기 어렵다. 남자는 거절의 부담감 때문에 춤 신청을 하기가 어렵고, 여자도 남자가 공개적으로 거절당하는 모습을 보면 죄스러워서, 나쁜 사람이 되는 것 같아서 자유롭지 못하게 된다. '다른 남자들이 겁먹고 나에게 춤 신청을 안 하면 어쩌지?' 하는 마음으로 어떤 신청이든 다 받아들이는 것도 이미 내 선택이 될 수 없다. 뭔가 암묵적인 압력이 작용하는 것이다.

한번은 어느 밀롱가 정보 공유 채팅방에서 작은 논란이 있었다. 한 밀롱가의 운영자가 까베세오 방식이 아닌 대화로 춤 신청을 할 거라면, 그 밀롱가에 참여하지 마라는 취지의 글을 올렸다. 꽤나 건조한 내용이라 언쟁이 좀 있을 줄 알았는데 의외로 많은 사람이 공감하고 동의했다.

사실 까베세오는 생각보다 어렵다. 사람이 많으면 거리가 먼 곳은 상대의 눈이 잘 보이지 않아 성사되기가 쉽지 않다. 마침 추고 싶은 음악이 나왔는데 시야가 가려서 가만히 앉아만 있을 때는 마음이 점점 불편해진다. 이러다가 오늘 밀롱가에서 춤을 추지 못할 수도 있겠다 싶어 조급해지고, 내가 함께 춤추고 싶은 저 사람이 나를 보지 않으면 차라리 다가가서 말이라도 걸고 싶다, 하는 마음도 들 수 있다. 하지만 이 단체 채팅방에 올라온 반응들은 그동안 까베세오가 얼마나 상대와 나를 지켜줬는지, 그리고 그 덕에 자유롭고 안전한 탱고를 즐길 수 있었다는 경험담이 대부분이었다.

'가까운 사이일수록 중요한 것은 사랑이 아니라 예의'라는 말이 있다. 까베세오는 거절의 자유와 서로의 안전함을 보장해 주는 중요한 예의다. 탱고에 남녀 모두를 보호해 주는 문화가 있다는 사실, 멋지지 않은가.

탱고는 춤 자체를 잘 추는 것보다 서로를 보호해 주려는 마음을 더 중요하게 여긴다. 이것만 봐도 탱고는 참 예의 있고 절도 있는 춤이다.

② 아브라소 - 나를 해하지 않는다는 믿음

수업시간 때였다. 선생님은 탱고의 기본자세인 아브라소에 대해 설명해 주셨고, 나는 하나라도 놓칠세라 마치 꼭꼭 씹어먹는 듯이 집중하여 듣고 있었다.

앞서 언급한 것처럼 아브라소는 '포옹'이라는 뜻이다. 허리를 굽혀 인사하는 우리나라와 달리 아르헨티나에서는 포옹으로 인사를 한다. 그래서 아브라소는 아르헨티나 사람에겐 무척이나 익숙히지만, 늘 일정한 거리를 유지하며 인사하는 데 익숙한 우리에겐 얼른 몸에 익지 않는 자세이기도 하다.

서양 사람들이 우리나라에 와서 우리 예절에 맞게 인사할 때면 뭔가 어색하다. 예의를 갖추려는 마음은 충분히 전달되는데도 허리를 굽히고 고개를 숙일 때 어딘가 엉거주춤하고 뻣뻣해 보인다. 악수하며 눈을 들여다보고 웃음 짓는 것이 그들의 예의지만, 허리를 굽히는 건 포함되어 있지 않아서 해 본 적이 없는 것이다.

마찬가지로 우리는 보통 미소 짓는 표정이 어려워서 '한국인들은 왜 그렇게 화가 나 있느냐?'는 말을 자주 듣는다. 끌어안는 자세도 어색하긴 마찬가지다. 하지만 이 역시 예의를 차린 인사 중의 하나고, 사람을 존중한다는 표시이니 배워두면 좋다.

아브라소는 단순히 부둥켜 안는 게 아니라 상대방을 온전히 받아들이는 자세이다. 그렇다고 상대방에게 기대는 것도 아니다. 나의 중심을 잡고 능동적으로 상대를 안는 것이다. 나의 중심이 온전히 잘 잡혀 있어야 아브라소가 편안하다. 서로 안을 때는 너무 꽉 조여도 안 되고, 너무 헐겁게 풀어져서도 안 되지만, 사람마다 그 거리나 편안함의 정도가 달라서 두 파트너가 얼른 적당한 정도를 찾아내야 한다. -적당하다는 것은 늘 어렵지만, 또한 늘 어떻게든 찾아진다!- 탱고는 둘이 함께 추는 춤인데 아브라소가 편안하지 않다면 그 뒤로도 좋은 자세를 유지하기 힘들다.

선생님은 아브라소가 정확히 어떤 것인지 알려주기 위해 나와 함께 자세를 취하셨다. 순간 움찔했다. 내가 생각했던 것보다 훨씬 가까웠던 것이다. 결혼 후 성인 남성을 이렇게까지 가깝게 안아 본 적이 없었다. 긴장해서 1초가 1시간 같았다. 그런데 이내 선생님의 입장은 어떨까, 하는 생각이 머릿속에서 쏟아졌다. '날 안고 있는 탱고 선생님은 지난 20년 동안 얼마나 많은 여자를 안아봤을까. 여자를 안고 싶어서 안는 게 아니라 직업적으로 안아야 한다면 힘든 날도 참 많았겠다. 어쩌면 나만큼 긴장할지도 모르겠다. 가뜩이나 춤을 낮춰보는 우리나라에서 탱고를 이렇게 오랜 기간 가르쳤다면 때로는 무시도 받고, 오해도 받고, 별의별 일을 다 겪지 않으셨을까.

이것이 그냥 내 생각이었는지 아니면 선생님의 마음이 아브라소를 타고 나한테 전해진 것인지는 정확하게 알 수 없다. 하지만 나는 이날의 첫 아브라소를 통해 선생님의 삶과 애환을 느낄 수 있었다. 그러자 경계심이 사라지고 연민이 일어났다. 한순간에 일어난 감정들이 나의 긴장을 풀어주었고, 성인 남성과 가깝게 안는 아브라소를 겁내지 않고 받아들일 수 있게 되었다. 선생님과 나 사이에 신뢰가 생긴 것이다. 생각과 말이 아닌, 마음과 감각의 대화를 통해서.

다양한 사람들과 탱고를 춘다는 것은 다양한 아브라소를 겪어본다는 뜻이기도 하다. 나에게 아브라소는 마치 밥상 위에 있는 쌀밥 같았다. 밥이 맛있으면 모든 반찬이 맛있는 법이다. 아브라소가 좋으면 누구와 춰도 춤이 따뜻하다. 실력이 뛰어나지 않아도 춤이 만족스럽다. 반대로 아브라소가 불편하면 춤을 추는 내내 까끌까끌한 느낌이 가시지 않는다. 테크닉이 좋아도 잠깐일 뿐 오히려 춤을 추고 있는 동안 외로움이 느껴진다.

아브라소의 개념을 머리와 마음으로 깨달은 뒤 상대가 누구든 탱고를 함께 배우고 출 때 동일한 신뢰와 마음을 가질 수 있었다. 저 사람은 나를 어떻게 해 보려는 게 아니라 정말 춤을 추고 싶을 뿐이야. 밀롱가에서 모르는 사람을 만나 아브라소를 할 경우 처음에 들리는 마음의 소리가 있다.

'나는 오해받기 싫어요.'

그 마음의 소리에 나는 씨익 웃으며 이렇게 대답한다.

'그럼요, 알고 있어요.'

이런 마음의 대화를 주고받고 안정이 되면 불안과 긴장을 떨쳐버리고 탱고를 시작할 수 있다.

아브라소를 통해 출발한 탱고는 지금 이 시간과 이 공간을 함께하는 사람을 나와 같은 인간으로서 대할 수 있게 해 준다. 우리가 동료 인간들에게 지니고 있는 최소한의 신뢰를 이 가까운 포옹 자세에서 확인할 수 있다

물론 '여자나 한번 안아보자' 하는 흑심으로 탱고를 시작한 사람도 분명 있을 것이다. 가끔 밀롱가에서 그런 사람들을 만난 적이 있었다. 하지만 재미있는 것은 아브라소를 정성껏 하고 탱고를 공들여 추다 보면 그런 흑심들이 밀롱가의 공기 속으로 '파스스스' 하고 사라진다는 것이었다. 또 가끔 정성스러운 춤과 진심 어린 아브라소가 통하지 않는 '강적'들을 만날 때도 있다. 뭐, 세상 살면서 모든 불운을 다 피할 수는 없지 않은가. 그래도 이런 불운들은 가볍다. 밀롱가 운영자에게 이야기하거나, 다음부터 그 사람의 춤 신청을 받지 않으면 간단하게 해결할 수 있는 일이다.

탱고는 신체가 무척 밀착된 상태로 추기 때문에 몸의 상태, 마음가짐, 정서 등이 잘 느껴진다. 그래서 신체에서 나오는 자연스러운 긴장감이나 마음의 상태가 생각보다 잘 읽힌다. 그 말은 그 누군가 탱고가 정말 좋아 여기에 온 것인지, 그저 이성이나 한번 안아보려

고 와 있는지가 금세 티가 난다는 뜻이다. 그러니 정말 탱고를 좋아하는 남자라면 흑심을 품지 않으려고 애쓸 것이다. 금세 블랙리스트에 오를 테니까.

중요한 것은 따뜻하고 인간적인 온기다. 나와 잠시 춤의 시간과 공간을 함께 나누는 저 사람이 적어도 선량하고 예의를 아는 사람이라는 신뢰를 확인할 수 있다면 그 모든 불안감과 긴장감은 사라지고 따뜻함만 남는다.

우리에게는 깊은 사랑이 필요하다. 하지만 또한 그보다 정두가 덜한 가벼운 애정과 신뢰도 필요하다. 그 모두가 따뜻하다. 온기를 안전하게 나눌 수 있는 잠시 잠깐은 생각보다 우리의 삶에 큰 생기를 준다. 그는 나를 해치지 않을 것이다. 나도 그를 신뢰할 것이다. 이 믿음은 우리의 순간을 행복하게 해 준다.

③ 꼬라손 - 탱고의 모든 것

"아브라소는 꼬라손Corazon으로 해야 해요."

"네? 뭐라고요? 꼬라지? 꼬라손? 그게 뭐예요?"

"꼬라손은 마음이에요. 탱고의 기본이자 바탕이 되는 거죠. 음, 근데 제가 보니까 승은 님은 아브라소하고 꼬라손이 정말 좋아요."

이건 또 뭔가. 탱고의 멋진 동작만 연습하면 될 줄 알았던 나에게 느닷없이 새로운 단어가 머릿속에 떨어졌다. 몸만 움직이면 될 거라 생각했는데 진지하게 대해야 할 개념들이 훨씬 많았다. 사실 내가 듣고 싶은 칭찬은 동작이 잘 나온다거나 태가 예쁘게 빠진다, 같은 것이었다. 뭐, '아브라소가 좋다'까지는 괜찮다. 그런데 '마음이 좋다'니. 그냥 '착하다'는 거 아닌가. '마음이 좋다'는 칭찬은 그동안 지겹도록 들어봤다. 나에게 있어서 '마음이 좋다'는 건 그저 남들보다 더 많은 손해를 보고 자기 고집 안 부린다는, 그다지 튀지 않는다는 뜻에 불과했다. "너는 마음이 너무 좋아. 그러니까 이제는 좀 제멋대로 살아봐."라는 말을 평생 들었는데, 탱고에서까지 똑같은 이야기를 들어야 하다니! 그래서 나는 선생님이 꼬라손을 말씀하셨을 때 반사적으로 그 개념을 내쳤다. 날아오던 테니스공을 받아치면 저 멀리로 날아가듯, 꼬라손은 포물선을 그리며 내 머릿속을 빠져나갔다.

고등학교 시절이었다. 내가 다니는 고등학교는 남녀 공학에, 설립된 지 얼마 되지 않아 학생 수가 그리 많지 않았다. 그러다 보니 자연스럽게 남녀 학생의 교류도 잦은 편이었다. 서로 할 말이 얼마나 많았는지, 꼭 이성적으로 관심이 없더라도 친한 남사친, 여사친 끼리 고민도 스스럼없이 털어 놨고, 군것질거리와 함께 편지나 쪽지도 주고받곤 했다.

친구를 통해 친해지기 시작한 선배 오빠가 있었다. 문학을 꿈꾸었던 그 오빠는 예쁜 말을 잘하기로 유명했고, 주변 사람들에게 곧잘 편지를 써서 주곤 했다. 딱히 좋아하는 건 아니라도 그와 친한 사람들은 그 오빠의 예쁜 말이 담긴 정성스러운 편지를 받는 걸 좋아했다. 어느 날, 매점에서 만난 그 오빠가 "승은아, 반갑네." 하며 작은 편지를 건넸다.

어떤 말이 적혀 있을까 기대하며 그 편지를 읽어보았다. 첫 문장이 아직도 생생하다.

"영혼이 예쁜 승은이에게"

뒤에 이어지는 내용은 기억나지 않는다. 영혼이 예쁘다니. 나름 고심하여 쓴 문장인 것도 안다. 기분 좋으라고 쓴 말인 것도 안다. 하지만 순간, 확 빈정이 상했다.

'웩. 이게 뭐야, 지가 내 영혼 생겨 먹은 걸 봤어? 영혼이 어떻게 보

여.'

차라리 상투적이더라도 눈이 예쁘다, 웃음이 예쁘다는 말을 했으면 그럭저럭 괜찮았을지도 모른다. 하지만 내가 받은 칭찬은 대부분 '마음이 예쁘다', '사랑이 많다', '착하다'라는 말 같은 것들이다. 대체 착하다는 게 어떻게 칭찬으로 하는 말일 수가 있을까? 그리고 그런 칭찬들은 아무래도 자폐성 장애를 가진 우리 오빠 때문에 더 듣게 되는 '덤' 같은 말이고, 예의상 그냥 던지는 말 같아서 더 마음이 상했다. '나는 눈에 보이는 거 외에는 믿지 않아' 하면서 차라리 '뒷통수가 이쁘다'는 말이 훨씬 낫다고 나는 생각했다.

그런데 '꼬라손이 좋다'는 말을 달갑지 않은 칭찬으로 알고 쳐내버린 데서 나의 문제가 시작되었다. 우선 꼬라손이 좋다는 칭찬은 으레 하는 말이 아니었다. 가능성과 기대감이 있다는 뜻이었다. 하지만 그렇다고 '완벽하다'는 뜻도 아니다. 가능성을 갈고 닦아 완성형이 될 때까지 가야 하는데, 그걸 몰랐다. 또 꼬라손이 좋다는 건 됐고, 내가 받고 싶은 다른 칭찬을 얻어내려 하다 보니 점점 조급해졌다.

꼬라손으로 상대를 채 느끼기도 전에 몸을 먼저 움직였다. 나의 잠재력을 증명하고 싶었고, 리드를 제대로 읽어내기도 전에 '이것 봐요, 잘 맞추죠?' 하면서 발을 떼고 재빨리 움직였다. 그럴수록 실수하면 안 된다는 생각에 사로잡혔다. 그것은 마치 상대의 말은 듣지도 않으면서 그저 내 말만 하기에 급급한 대화와 비슷한 상황이었다. 아니, 상대의 말은 들리지도 않았다. 마치 사랑하는 사이임에도 연인을 믿지 않는 사람처럼, 상대가 나를 사랑하는 것을 믿지 못하고 불안해서 내가 먼저 성급하게 다가가 마냥 마음에 들려 노력하고 애쓰며 나 혼자 관계를 완벽하게 만들려는 감정이었다. 마치 어디선가 느껴본 기분 나쁜 감정이었다.

어느 날, 수업을 듣고 집에 돌아와서 그날 배웠던 수업의 내용을 곱씹고 있었는데 내가 상대를 믿지 못하고 있다는 걸 깨달았다. 그 순간 오래전 헤어진 옛 남자친구의 말이 생각났다.

'왜 너는 너만 나를 좋아한다고 생각해? 너는 왜 내가 널 좋아하는 걸 믿지 않아?

결국 그 관계는 엉망으로 끝이 났다.

'빨리 잘 추고 싶다'. 오로지 이 한 가지에 꽂혀서 상대의 응답을 기다리지 않았다. 상대방의 감정이 전해져 올 때까지 머물러 있지 못했다. 나 혼자 결과를 내려고 안달하다 보니 내 발은 점점 부산스러워지고 남자가 보내는 리드는 느낄 수 없게 되었다. 잘 나오지 않는 발 모양이나 화려한 패턴, 부족한 기술적인 부분만 자꾸 눈에 들어오니, 탱고를 추는 기쁨도 잘 느껴지지 않았다. 한마디로 말해 나는 나의 장점을 소중히 여기지 못하고 단점에만 아쉬워하고 있었던 것이다.

꼬라손으로 아브라소를 해야 하고 꼬라손으로 춰야 하는 탱고에서 점점 꼬라손이 빠지니 그저 '공허한 열정'만 남게 되었다.

사실 탱고에서 '꼬라손'은 전부나 마찬가지다. 마음을 기울이고 집중하여 상대의 몸 상태, 마음가짐, 정서 등을 느끼는 것 그 자체가 탱고다. 그에게도 내가 어떤 사람인지를 아브라소를 통해 보여주어야 한다. 그래야 자세뿐 아니라 마음의 합도 함께 맞출 수 있다. 하지만 나는 꼬라손이 탱고의 밑바탕인 걸 몰랐다. 사실 지금도 가장 안 되고 어려운 부분이기도 하다.

한번은 밀롱가에서 유난히 집중이 안 되는 날이 있었다. 상대의 춤을 받아내지 못해서 힘들었다. 컨디션이 안 좋았는지 마음 상하는 일이 있었는지는 기억나지 않지만, 그날따라 나랑 추는 모든 분에게 너무 미안할 정도로 리드가 안 읽혔고, 어느 때보다 마음이 절절거렸다. 아, 오늘은 최악의 날이구나. 그런데 그날 나와 탱고를 춘 모든 사람이 내게 해 준 이야기는 한결같았다.

"평소에도 좋았는데, 와~ 오늘은 정말 유난히 좋았네요. 이러니 인기가 많으시고 춤 신청하기가 어려운가 봐요."

당황스러웠다. 처음에는 평소보다 잘 안되니까 그걸 눈치채고 사람들이 격려해 주는 말인 줄 알았다. 나도 탱고를 추다 보면 신기하리만큼 상대의 마음과 기분 상태가 느껴질 때가 있다. '아, 이분 오늘은 무슨 일이 있었구나'라든지, '아, 오늘은 스트레스를 많이 받았구나' 등등. 하지만 말로 하지 않고 마음으로 느끼고 온기와 기운을 나눠줄 뿐이다. 그래서 나는 탱고가 끝난 뒤 그들이 건네는 말을 격려로 여기고 고맙게 받았다.

그런데 갑자기 이런 생각이 들었다. 그들의 말이 사실일 수도 있잖아. 그렇다면 내가 잘 췄다고 느끼는 것과 상대방이 잘 춘다고 느끼는 게 다를 수도 있겠구나. '그날은 뭐가 평소와 달랐을까' 하고 곰곰이 생각해 보았다. 리드가 잘 읽히지 않고 미안한 마음이 들어서 곡마다 상대에게 더 집중하려 애를 쓴 게 평소와 다른 점이었을 것이다. 그런데 상대방도 이걸 함께 느끼고 있다는 것을 처음으로 알게 되었다.

'아, 이게 바로 꼬라손이구나'

마음으로 춘다는 건 진심으로 춘다는 말이다. 탱고는 결국 두 사람 사이의 관계 안에서 추는 것이기 때문에 마음을 열어야 한다. 마음이 열려야 나도, 상대도 바로 춤 안으로 들어갈 수 있다. 마음이 급해질 때면 잠시 호흡을 누그러뜨리고 누구와 추든지 간에 지금 내 앞의 상대에게 완전히 집중한다. 정성을 다해, 나와 춤을 출 동안만큼은 그가 외롭지 않길 바라는 마음, 그것이 '꼬라손'이다.

④ 코어 근육 – 느리게 흘러가는 중요한 시간

아빠와 할아버지가 탱고를 추셨다는 기억은 내게 탱고에 대한 특별한 감정을 갖게 했다. 마치 기다렸던 소풍을 가는 날의 아침처럼 해맑은 설렘이 마음을 파고들었다. 삼대를 이어온 재능 같은 게 폭발하지 않을까, 하는 기대감도 있었다. "아니, 이런 재능이 있는데 뭐 하다 이제 오셨어요?"라든지 "이야, 무림의 고수셨네요."라는 말을 들으면 어쩌지, 하는 끝도 없는 기대감. 하지만 그건 판타지 중의 판타지일뿐. 현실은 그럴 리가 없었다. 선생님은 갈 때마다 이렇게 말씀하셨다.

"아니, 어떻게 이렇게 몸에 근육이 하나도 없을 수가 있어요? 등에 근육이 하나도 없어요. 벌써 어깨가 이렇게 말렸네. 이 상태로 오십이 넘으면 등이 더 말려서 힘들어요."

당연한 일이다. 두 아이를 낳고 계속 육아만 하느라 운동이란 걸 도무지 해 본 적이 없었으니까. 그런 오글거리는 상상을 한 내가 부끄러웠다. 탱고의 피가 흐르건 말건 나는 그냥 근육 하나 없는 '순살' 아줌마였다.

우아하고 멋있는 탱고는 유연성에서 나오는 줄 알았다. 하지만 알고 보니 그것은 다 단단한 기본기에서 나왔다. 탱고의 기본 동작인 워킹, 오초ocho(반만 돌기), 히로giro(돌기) 같은 동작을 잘 구사할 줄 알아야 보기 좋은 피구라figura(동작)를 만들 수 있었다. 그리고 이러한 기본 동작을 소화하려면 '코어 근육'이라는 게 필요했다. 탱고는 몸의 중심을 꼿꼿하게 세우고 걸어야 하기 때문에 다른 춤에 비해서도 유난히 코어 근육이 중요하다.

탱고 워킹을 한 발, 두 발 걷는데 몸이 바들바들 떨렸다. 평소에 안 신던 높은 힐을 오랜만에 신으니 그 상태로 자세를 취하는 것도 힘들었다. 그냥 서 있기도 힘든데, 거기다 탱고 워킹까지 하려니, 작게나마 붙어 있는 근육들이 비명을 지르며 존재감을 드러냈다. 알고 보니 실은 사람들이 탱고를 배울 때 부딪히는 첫 난관이 바로 이 워킹 과정이고, 가장 많은 탱고 포기자가 여기서 나온다. 이 구간은 가장 지루하기 때문에 돈도 가장 아깝게 느껴진다. 또 스스로가 얼마나 나아지고 있는지도 바로 확인할 수 없어 만족감도 상당히 낮다.

나 역시 그랬다. 6개월간 수업시간 내내 탱고 기본 워킹만 했다. 탱고 걷기에 필요한 근육이 없으면 중심을 잡을 수가 없기 때문에 생략할 수 없는 과정이었다. 사실 지루한 건 그나마 괜찮았다. 견디면 되니까. 하지만 정말 이 시간이 힘들었던 건 그렇게 걷기만 반복하고 있는 내가 스스로 한심해 보였기 때문이었다. 갈 때마다 부족한 나를 만나야 한다는 사실이 진저리나도록 싫었다. 할 수만 있다면 이 시간을 빨리 뛰어넘고 싶었다.

그러다가 우연히 어느 저명하신 기타리스트 선생님과 이야기를 나눌 기회가 있었다.

"선생님, 기타 연습하실 때 기술적으로 유난히 잘 안되는 부분을 만나면 어떻게 연습하셨어요? 아, 저는 몸이 안 따라오는 걸 대체 어떻게 넘겨야 할지 잘 모르겠어요. 지금 저는 아직도 코어가 약해서 중심이 잘 흔들리고요. 발동작이 제가 원하는 만큼 나오지 않아서 괴로워요."

"저는 이제 나이가 많아서 어려운 곡 연주 요청이 들어오면 그냥 젊은 친구들을 소개해 준답니다. 요즘 친구들 정말 잘하는 친구들이 너무 많아요. 하하하."

"에이, 그래도 선생님께서도 하나둘씩 배워가던 시절이 있었을 거 아니에요. 선생님도 잘하고 싶으셨던 마음이 컸을 테고, 그 고비를 넘겼으니 여기까지 오셨겠죠. 저도 너무 잘하고 싶거든요."

"욕심이 많군요. 좋아요. 좋은 거예요. 사실 저도 젊을 때는 그랬죠. 저는 잘 안되는 부분을 연습할 때는 4배속 느리게 연습했어요. 사실 다들 못하고 안되는 부분은 빨리 넘어가길 원해서 서둘러서 연습하곤 하거든요. 그런데 그때 오히려 속도는 늦추고 여러 번 반복하다 보면 어느 순간 달라진 걸 느낄 수 있을 거예요. 그럼 그때 다시 제 속도로 연습을 했어요."

그분의 말씀처럼 탱고 워킹 연습은 탱고를 배우면서 가장 많은 시간이 걸렸고, 가장 애태웠던 단계였다. 몸이 탱고에 필요한 근육을 만들어 내는 데 그만큼 시간이 필요했기 때문이었다. 기본기란 게 늘 그렇다. 하지만 혹시 내가 미련해서, 효과적인 방법을 찾지 못해서 허송세월하고 있는 게 아닐까 생각하다 보면 덧없이 이 더딘 시간을 단축할 비법을 찾곤 하는데, 그런 건 대부분 착각이었다. 기타리스트 선생님의 말씀처럼 그 더딘 시간은 더욱 더디게 보내야 단단하게 쌓여갈 수 있다. 그리고 마침내 그 더딘 시간은 내게 '근육'이라는 멋진 결과를 선물해 주었다.

지인 중에 해금 연주자인 예쁜 동생이 있다. 중학교 1학년 때부터 해금을 시작해서 30년 넘게 해금과 함께 살아온 그는 나의 결혼식 때 축하 연주를 해준 특별한 동생이다. 이 동생의 연주는 너무나도 매혹적이라 마치 나까지 해금 안으로 끌려 들어가는 것만 같았다. 국악에 대해서는 잘 모르지만 그의 해금 연주만은 무척이나 좋아했다.

어떻게 하면 듣는 사람을 저렇게 빠져들게 할 수 있을까? 한 번은 그에게 비결을 물어보았다.

"너는 연습할 때 어떤 생각을 하니? 무슨 목표 같은 걸 정해 놓는 거야? 나는 탱고 동작을 연습할 때 잘 안되는 내 모습을 보는 게 너무 괴로워서 하기 싫을 때가 많아."

"하하, 언니, 그건 무슨 전공자들이나 하는 질문 같은데요. 탱고를 너무 제대로 파고 계신 거 아니에요? 저는 연습할 때 아무 생각 안 들어요. 그냥 하는 거지요. 무념무상? 근데 사실 아무 생각이 없다는 게 단순히 멍한 게 아니라 완전히 집중하고 몰입한 상태라서 아무 생각을 안 하게 되는 거예요."

이처럼 자기 세계를 갖춘 내 주위의 사람들은 하나 같이 지름길 같은 것은 말하지 않았다. 기본기를 만드는 시간은 단축할 수 없다. 그리고 이 시간 동안 느끼는 건 눈에 보이는 나의 실력이 아니라 눈에 보이지 않는 나의 '태도와 마음가짐'이었다. 그들의 따뜻한 조언 덕에 나는 여전히 제자리 걸음인 내 모습과 마주하더라도 덜 괴로웠고, 나를 스스로 바라보는 관점이 새로워지고 있음을 느꼈다. 근성도 생겨서 실망하더라도 다시 마음을 고쳐 잡는 간격이 점점 짧아졌다.

탱고 워킹을 하며 탱고에 필요한 코어 근육을 만드는 가장 지루하고도 가장 미련해 보이는 연습시간은 몸에 기억을 쌓아가는 시간이었다. 많은 시간이 걸리지만 그 상태 자체가 몰입이라는 이 사실이 탱고의 진실을 담고 있다. 아마 다른 모든 일도 그렇지 않을까.

인생 수업 노트

① 가까운 사람을 사랑할 힘

정신없는 하루를 마치고 서재에 앉는다. 한숨을 돌릴 때 습관처럼 유튜브를 틀고 이런저런 탱고 영상을 본다. 혼자 중얼거리며, 감탄도 했다가 아쉬움의 탄식을 내뱉기도 한다. 탱고를 배우기 시작한 뒤부터 하루의 마지막을 탱고 영상으로 마무리하는 게 나의 새로운 습관이 되었다.

어느 날 불쑥 남편이 물었다.

"탱고가 뭐가 그렇게 좋아?"

잠시 당황했다. 그러고 보니 뭐가 그리 좋은지를 말로 표현해 본 적이 별로 없었다. 한 5초쯤 가만히 생각하다가 입에서 이런 말이 튀어나왔다.

"뭐랄까, 살다 보면 가까운 사람을 사랑할 힘이 점점 사라질 때가 있잖아. 가까운 사람은 내 기대보다는 상대의 기대에 맞춰야 하고, 나는 잠시 뒤로 두고 상대를 위해서 필요한 역할도 해 줘야 하고, 자꾸 그러다 보면 나를 잃어버리는 거 같고 지칠 때가 있었어. 그런데 잘 모르는 사람하고 집중해서 탱고를 추고 나면 이상하게 가까운 사람을 사랑할 힘이 다시 생기는 거야. 상대방도 나에게 완전히 집중을 해주어서 그런가. 아무튼 나한테 탱고가 그래."

한 번도 미리 생각해 본 적이 없는 말이었다. 어떻게 이런 생각을 하게 되었을까. 탱고는 원래 낯선 사람들끼리 추는 춤이었다. 사람의 온기가 그리워서 추는 춤이다. 탱고는 미리 짠 안무를 외워서 추는 게 아니다. 즉석에서 남자가 여자에게 신호를 주면 여자가 그 신호를 그때그때 읽어가며 추는 춤이다. 어떻게 신호를 줄지 미리 알 길이 없으니 탱고는 상대방에게 완전히 집중하지 않으면 절대로 발을 맞춰 나아갈 수 없다.

이렇게 탱고는 즉흥의 성격을 지니고 있다. 그래서 같은 사람과 같은 음악에 맞춰서 같은 동작으로 다시 춘다 해도 전에 췄던 것과 똑같은 호흡과 분위기는 다시 찾아오지 않는다. '진심과 집중'이 그 순간의 전부다. 내 감정과 분위기에 취해서 추면 상대가 보이지 않는다. 상대에게 집중하지 않고 나에게 심취하면 그 춤은 이미 탱고가 아니다. 상대와 함께 추는 춤일수록 한편으로는 나를 지워가는 용기, 또 한편으론 나를 지켜가는 굳건함이 필요하다.

　그렇게 타인에게 완전히 집중한 채로 한 번의 춤을 끝내면 긴장이 풀리면서 나의 찌꺼기들도 같이 녹아 없어지는 기분이 든다. 이때 내가 평소 가지고 있었던 삶에 대한 부담감이나 책임감, 불안 같은 것들이 함께 녹아내리면서 억눌렸던 마음이 가뿐해지는 것이다. 그렇게 춤을 추고 나서 집으로 돌아오면 가까운 사람에게서 받았던 피로감이 사라지고, 그가 원래 가지고 있는 사랑스러움이 다시 눈에 들어온다.

　어떻게 낯선 사람과 탱고를 추는 그 짧은 몇 분의 시간이 마음을 가뿐하게 해 줄 수 있는 걸까.

　2008년 겨울, 남편과 함께 프랑스 파리에 방문한 적이 있다. 이 여행은 시작부터 꼬였는데, 비행기표에 적힌 AM과 PM을 착각해 한밤중에 파리에 도착하게 되었다. 관광은커녕 민박집부터 찾아가야 하는 다소 황당한 상황이었다. 그래도 파리는 멋진 곳이었다. 길거리 아무 빵집에 들어가 먹은 에끌레어와 바게트는 모든 피로를 말끔히 씻어줄 만큼 맛있었고, 루브르 박물관 앞 까페의 핫초코는 참으로 달콤 쌉싸름해서 아직까지 혀끝을 감돌고 있다. 또 백 년이 넘은 한 서민 식당에서 달팽이 요리를 먹으려다, 영어를 거부하는 종업원에게 냅킨에 달팽이를 그려서 주문한 적도 있다.

그래도 가장 기억에 남았던 건 민박집에서 우연히 만난 사람들과의 대화였다. 의대 공부가 싫어 부모님 몰래 무작정 가족과 연락이 안 닿는 유럽으로 가출했다는 의대생, 언어는 서툴지만 그저 도전하겠다는 마음으로 유럽에 왔는데 한국에서 가지고 온 마른오징어 냄새 때문에 시체 유기자로 몰려 신고를 당했다는 어느 청년, 장거리 연애를 하는데 어떻게 해야 할지 몰라 방문한 투숙객들마다 연애 상담을 구하던 민박집 사장님. —그 분은 손님들의 애정 어린 조언 덕에 얼마 후 결혼에 성공했다— 그들의 이야기는 모두 진심이 가득한 삶의 이야기였고, 가족에게도 할 수 없는 이야기였다. 한 사람 한 사람, 그저 마음속으로만 끙끙 앓던 심연의 고심을 처음 만난 사람들에게 마구 쏟아냈고, 듣는 사람들도 마치 그 일이 내 일인 양 마음을 활짝 열었다.

때론 억울하고, 책임감에 눌리고. 소화되지 못한 감정 때문에 내 마음이 온통 시끄러울 때가 있다. 살아는 있지만 사는 것 같지 않을 때, 우리는 무언가 탈출구를 찾고 싶어한다. 일상을 벗어난 시간에, 터전이 아닌 곳에서 만난 여행자들은 그렇게 온기를 나눴고, 그 순간의 위로가 현실의 발걸음을 한결 가볍게 해 주었다.

하지만 그 민박집을 떠난 뒤로 서로 따로 연락을 하거나 그 잠깐의 인연을 일상의 터전으로 옮겨오려는 사람은 없었다. 모두 가벼운 악수나 포옹을 뒤로 한 채 각자의 길로 헤어졌다. 나도 아주 특별한 인연이 아니라면 그들을 다시 만날 일이 없을 것이다. 그런데 그때 우리가 서로에게서 받은 위로는 낯선 사람만이 줄 수 있는 것이었다. 가족이어서, 연인이어서 털어놓을 수 없는 삶의 무게를 잠시나마 내려놓고 싶을 때, 그 순간을 따뜻하게 채워주는 너무나 인간적인 타인, 그런 타인의 온기가 우리에게는 필요하다. 그때 낯선 사람들은 잠시 잠깐의 동반자로 변한다.

탱고는 내 삶에서 파리의 민박집에서 만난 잠깐의 탈출구이자, 우연한 인연이 틔워주는 숨통과 같았다. 탱고는 내가 묶여 있던 해묵은 감정을 소화할 수 있게 도와주었고, 난생 처음으로 세상에도 내 것이 있다는 것을 느끼게 해 주었다. 가까운 사람에게 부담을 안길까 봐 내 것을 가지고 싶다고 감히 말할 수 없었던 나는, 탱고를 만난 뒤에야 내 것을 가져보고 싶다는 욕심을 부끄럽지 않게 꺼내놓을 수 있었다. 그 욕심은 나를 살고 싶게 하는 욕심이었고, 내 가슴을 뛰게 하는 욕심이었다.

② 건전한 에로스

남편의 공부 때문에 유학생의 아내로 약 4년간 독일 뮌헨에서 살아야 했다. 유학 생활은 참 외로운 일이다. 게다가 독일은 날씨까지 추워 쉽게 마음이 허해진다. 스산한 독일의 어느 겨울날, 교회의 긴 의자에 앉아 예배를 드리고 있는데 누군가가 급하게 들어왔다.

"누나, 안녕하세요. 오늘 좀 늦었어요. 옆에 앉을게요."

M 군이었다. 지각을 해서였는지 그가 옆자리에 급하게 앉는 바람에 그의 허벅지가 내 허벅지와 꼭 맞닿았다. '윽, 차가워. 이제 겨우 몸을 녹여 놓았는데.' 그가 몰고 온 한기에 몸이 움츠러들었다. 게다가 맞닿은 허벅지를 통해 내 몸의 온기가 M 군에게로 건너가고 있었다. 그런데 이 녀석은 민망하지도 않은지 허벅지를 뗄 생각조차 하지 않았다. 순간 '뭐지?' 싶었다. 조금 생각해 보니 안 떼는 게 아니라 못 떼는 거였다. 아마 그와 비슷한 또래의 여자애였으면 진작에 "야, 차가워, 얼른 치워!"라거나 "뭐냐? 내 성 정체성을 뒤흔들지 마라" 하고 농담이라도 건넸을 텐데. 그렇게 할 수는 없었다.

그가 몰고 온 한기는 나도 익히 아는 것이었다. 몸이 한번 식으면 하루 종일 추위에 떨어야 하는 독일의 겨울, 혼자 떠나온 유학생의 어쩔 수 없는 외로움, 그렇다고 마음껏 누구한테 기대기도 어려운 서글픔이 느껴져서 어색하게 맞닿은 살결에도 가만히 있었다. 데워진 몸이 주는 온기도 필요했겠지만, 그저 사람이 그리워 느끼고픈 온기도 그리웠을 것이다. 잠시나마 나의 따뜻함으로 추위와 외로움이 누그러졌으면 하는 마음도 들었다.

남녀 사이라고 모두 다 '므흣한 관계'만 있는 것은 아니다. 예의 있게 서로를 지켜주면서도 얼마든지 멋진 남녀 관계가 될 수 있다. 어떤 남성이 나를 정중하게 대해주면 여성으로서의 나의 자존감도 함께 올라간다. 그래서 이성이 주는 이러한 정중함, 다정함, 예의 등은 무척 중요하다.

고등학교 때 정말 친한 남사친이 있었다. 고등학교 동창인 남편도 인정하는 거지만, 그와 나는 정말 서로 아무런 흑심이 없었다. 야자를 마치고 밤 12시가 넘어 집에 갈 때면 꼭 나를 집까지 바래다주었는데, 그 이유는 우리 집에 밤중에 마중 나올 아버지나 오빠가 없기 때문이었다. 성인이나 다름없는 여학생이 밤길을 혼자 걸어 귀가하는 걸 무척 불안해했던 엄마와 할머니는 이 고마운 친구를 늘 예뻐해 주셨다. 그 친구가 늦은 밤에 동행해 준 건 내가 이성으로 끌려서가 아니라 남자로서 당연히 해야 할 일이라고 여겼기 때문이었다. 나는 그와 이성 간의 만남을 전혀 생각하지 않았지만 누군가 "걔 어때?" 하고 물어본다면 "정말 멋진 녀석이고, 좋은 남자야."라고 주저 없이 말해 주었다. 그리고 나 또한 이 친구 덕에 남자를 보는 좋은 기준 하나를 얻을 수 있었다.

물론 이 매력은 언제든지 위험해질 수 있다. 어느 날 갑자기 눈이 뒤집히거나 마음이 쿵쾅쿵쾅거릴 수도 있지 않은가. 그래서 긴장감이 생겨나기도 하지만, 이 긴장감도 그 자체로는 좋은 것이라 생각한다. 그래야 지루한 인생에 재미 한 스푼은 얹어지는 것이니까. 또 이로 인해 사람 대하는 법도 제대로 배울 수 있으니까. 어쨌든 나는 꼭 독점적 관계가 아니더라도 남녀 간에 나눌 수 있는 인간적인 온정을 '건강한 에로스'라고 생각한다.

탱고에도 건강한 에로스가 있다. 바로 아브라소가 그렇다. 거의 살을 맞닿을 듯이 서로를 가까이 마주하는 탱고를 실제로 접해 보지 않은 사람들은 오해하기 쉽다. 그렇게 가까이 상대를 마주하니 부담스러울 수는 있지만, 그렇다고 가슴이 쿵쾅대는 분위기를 만드는 건 아니다. 그럴 시간조차 만들 틈이 없다. 미리 안무를 맞춰 놓는 게 아니라 즉석에서 신호를 받아서 춰야 하기 때문에 남자는 춤을 그때그때 기획해 내느라 정신이 없고, 여자는 여자대로 그 신호를 받아 동작을 구현하느라 정신이 없다. 그렇게 서로가 한 곡을 완성해 가는데 누군가 조금이라도 딴생각을 하면 금방이라도 발이 꼬여서 춤이 끊겨버린다.

마지막으로 결정적인 것 하나. 탱고를 추는 기본 자세인 아브라소는 거리가 너무 가까워서 춤추는 동안에는 상대방의 눈조차 쳐다볼 수가 없다. 눈은 까베세오 때만 쳐다본다. 이것만으로도 제법 안전하다는 생각이 들지 않는가?

물론 남사친이 남친이 될 수 있는 긴장감은 탱고에도 있을 수 있다. 그런 일은 어디에서든 벌어진다. 하지만, 예의가, 존중이 그리고 춤이 지닌 법도가 그것을 막아준다. 게다가 정말 탱고에 완전히 몰입하면 그 시간에는 오직 탱고만 보인다. 물론 그 순간 우리가 무성적인 존재가 되어 버린다는 것은 아니다. 그도 나도 탱고를 출 때 남성과 여성으로서의 온기와 에로스를 발산할 것이다. 하지만 그와 내가 서로를 존중할 줄 아는 선량한 보통 남녀라면, 그도 나를, 나도 그를 지켜줄 것이다.

탱고를 배우면서 나는 '이 춤이 안전하고 건강하게 에로스를 주고받는 좋은 도구가 될 수도 있겠다'는 생각이 들었다.

③ 세 번째 생일빵

우리 탱고 학원에서는 생일날 생일 당사자가 3~4곡 정도의 음악으로 여러 사람과 돌아가며 춤추는 시간이 있다. 보통 이 행사를 '생일빵'이라고 부른다. 생일빵은 대부분의 탱고 학원에서 하고 있는 행사다. 그동안 배운 실력을 선보이는 자리이기 때문에 신경도 쓰이고 긴장도 되지만, 그동안 얼마나 늘었는지 가장 확실히, 가차없이 알 수 있는 시간이라 기다려지기도 한다.

첫 번째 생일빵은 탱고를 배운 지 얼마 안 된 시기에 해서 탱고곡의 종류도 몰랐고, 좋아하는 탱고곡도 없었다. 그저 사람들 앞에서 탱고를 춰 보는 것 자체가 내게는 엄청난 일이었다. 선생님이 틀어 주시는 탱고 음악에 맞춰 정신없이 해치웠는데, 지나고 나니 '아, 다른 곡으로 했더라면 좀 더 잘할 수 있었을 텐데' 하는 아쉬움이 많이 남았다.

두 번째 생일빵은 탱고를 배운 기간에 비해 의욕이 넘치는 시기라 호기롭게 곡을 골랐다. 나의 열정을 가득 담은 선곡을 받은 땅게로(탱고의 남자 파트너)들이 한숨을 내쉬었다.

"왜요? 곡 좋지 않아요? 그래도 정박으로만 골랐는데."
"아니, 음악을 들을 때 여자들 입장이랑 남자들 입장은 완전히 다르거든."

결국 마음은 프로, 몸은 포로인 상황을 두 번째 생일빵에서 시전하였다. 큰맘 먹고 탱고 드레스도 한 벌 산 나는 의욕만 넘칠 뿐 막상 실전에 돌입하니 허둥대기 일쑤였다. 호기롭게 고른 탱고곡은 나를 두고 유유히 흘러 떠나갔고, 혼자 남겨진 나는 그저 음악만 뒤쫓느라 정신이 없었다.

'아, 회피형 남자와 연애하는 기분이 이런 걸까. 상대는 여유 있는데 나만 애가 닳네.'

나중에 영상을 확인하고 얼마나 얼굴이 화끈거렸는지. 지금도 그때를 생각하면 창피해서 얼굴이 빨개진다.

세 번째 생일빵을 치를 때였다. 이제 탱고를 춘 지 어느 정도 되었기 때문에 더 이상 초급이 아니라는 것을 보여주겠다는 의지로 선곡을 하다가 진이 다 빠질 지경이었다. 아무 곡이나 하고 싶진 않았다. 심지어 나의 탱고를 보러 오겠다는 사람도 생겼다. 그러다 보니 그들에게 '탱고가 이런 것이다' 하는 것을 보여주고 싶었고, 그들이 탱고의 매력에 흠뻑 빠져 "저도 탱고 배울래요. 여태까지 이좋은 춤을 안 배운 제가 미워요."라고 말하게끔 할 곡을 고르고 싶었다. 당연한 일이지만 그러다 보니 선곡에 꽤 까다로워졌고, 혼란스럽고 조급해졌다. 많은 곡을 들을수록 그 곡이 그 곡 같고, 들으면 들을수록 머리만 아파왔다.

그러던 중 스스로에게 질문을 던졌다.

'탱고로 제일 하고 싶은 게 무엇일까?'

탱고가 얼마나 대단한 춤인지를 보여주겠다는 생각만 하다 보니 어느새 본질이 지워져 있었다.

탱고는 타인을 향한 사랑과 온기를 나누고 싶어서 추는 춤이다. 정작 나는 멋진 곡을 고른답시고 상대방의 존재는 완전히 잊고 있었다. 부끄럽게도 나는 탱고가 함께 추는 춤임에도 내 입장만 생각하고 있었던 것이다. 하덕규 시인의 유명한 노래 가사처럼 "내 안에 내가 너무 많았다" 그러자 모든 게 분명해졌다.

다시 선곡을 시작했다. 눈을 감고, 같이 호흡을 맞출 사람들을 하나하나 떠올리면서 곡을 찾기 시작했다. A는 몸은 부드럽지만 직선적인 동작이 많아서 흐르는 멜로디에 적당한 텐션이 있고 악기 소리가 많이 담긴 곡이 좋겠다. S는 특유의 탄성 있는 리듬감을 가지고 있어서 오히려 박자가 명확하고 느린 곡을 골랐다. 정확한 박자를 딛고 탄력 있게 동작을 구사하는 S와 이 곡을 추면 서로 재미있겠네 싶었다. C는 성실하고 올곧은 리드를 하니, 리듬감이 정확하고 명료한 곡을 고르는 게 좋겠다. 긴장을 풀어주는 곡을 하면 좋은 춤을 같이 출 수 있겠다. G는 음악성과 재간이 매력이니까 그런 장점을 살릴 수 있는 조금 빠르고 애교 있는 곡을 고르자.

그렇게 한 사람 한 사람이 가진 장점을 생각하다 보니 그토록 골치 아프던 선곡 과정이 날개를 달았다. 다른 춤보다 어렵기도 하지만 나를 비우고 상대에게 집중해야 더 좋은 춤이 나오는 것이 탱고의 매력이지 싶다.

그래서 나의 세 번째 생일빵은 어떻게 되었을까? 정말 완벽한 춤이 나왔을까? 사람들이 쓰러지고 눈물을 흘리고 학원에 수강생들이 몰려들었을까? 아니었다. 나는 여전히 이등바등했고, 탱고에 빠져든 사람도 없었다. 그러나 적어도 우리끼리는 즐거웠다. 상대에게 맞춘 음악, 상대에게 집중하는 춤. 그렇게 함께 탱고를 추는 사람들을 더 좋아할 수 있게 된 생일빵이었다.

④ 실수 흘려보내기

어느 날이었다. 그날도 평소와 다름없이 '다리를 이렇게 해라, 무릎을 펴라, 중심을 잘 잡아라'라고 말씀하시던 선생님이 갑자기 수업을 중단했다. 잠깐 머뭇거리다 나를 부르시고는 의자에 앉혔다. 그리고는 진지한 얼굴로 말씀하셨다.

"승은이는 말이야. 다 좋아. 좋은 게 많아. 근데 급해. 그래서 발을 빨리 딛어. 그러면 남자가 여유 있게 동작을 할 수가 없어. 선생님이 여러 번 이야기했는데 이게 잘 안 고쳐지지? 성격일 수도 있어. 그래, 그럴 수도 있지만 선생님이 보기엔 말이야, 눈치가 빨라서 상대에게 얼른 맞춰서 폐를 안 끼치려고 하는 거 같아. 그런데 실수하는 걸 폐 끼친다고 생각하면 안돼. 춤은 그렇게 추는 게 아니야."

그동안 내가 장점이라 여겼던 습관들이 탱고를 출 때 오히려 단점이 되는 경우도 꽤 있었다. 부지런하고 준비성이 좋은 태도는 탱고의 세계에서는 내 발목을 잡았다. 나보다 남을 먼저 배려하는 것은 사실 선량하고 착한 사람이 가지고 있는 아주 좋은 태도인데, 오히려 이 태도가 자신이 정말 어떤 사람인지를 보지 못하게 만드는 경우도 있다. 어쩌면 그 친절은 상대를 위한 게 아니라 나를 위한 친절이었을 수도 있다. 내가 먼저 배려해서 좋은 사람임을 얼른 인정받고 싶은 일종의 방어적인 태도가 내게 있었는지도 모른다.

대학교 1학년, 사회학 수업 시간 때였다. 사회학이라 해서 지루할 줄 알았는데 유난히 성실하고 알찬 내용으로 수업을 꾸려 가시는 교수님 덕에 나는 그 수업을 무척 좋아했다. 그러던 어느 날 나의 관점을 흔들어 놓는 수업 내용이 있었다.

사회학에서는 살인자의 행동이나 봉사자의 행동을 똑같은 수준에서 바라본다는 것이었다. 모든 사람은 자신에게 만족감을 주는 행동을 할 수밖에 없는데, 살인자는 살인을 했을 때 만족감을 느끼므로 그것을 반복하는 것이고, 어떤 사람은 선한 행동으로 만족감을 느끼기에 계속 선하게 행동할 뿐이라는 것이었다.

탱고 선생님의 말씀을 듣고 왜 오래전 사회학 수업이 떠올랐는지 모르겠다. 하지만 그 사회학 수업의 기억 덕분에 어쩌면 내가 폐를 끼치지 않겠다고 재빠르게 하는 동작들이 오히려 폐가 될 수도 있겠다는 생각을 하게 되었다. 내가 얼른 좋은 사람이 되려는 마음, 그게 정말 배려인 걸까. 진실한 걸까. 나는 내 삶을 한번 점검해 볼 필요가 있음을 깨달았다. 선생님의 말씀은 계속되었다.

"물론 우리는 기술을 배워야 하지. 하지만 그 기술은 내가 자유롭기 위해서, 내가 느끼는 걸 더 자유롭게 표현하기 위해 하는 거지, 기술 자체를 위한 게 아니야. 거기에만 집중하면 오히려 매너리즘에 빠지기 쉬워. 그래서 승은이에게는 '탱고를 잘 춰라' 하고 말하기보다는 '탱고를 즐겨라' 이렇게 말하고 싶어. 상대방의 의도를 읽느라고 눈치 보다가 이게 춤을 추는 건지 휘둘리는 건지 헷갈리면 안 돼요. 상대의 의도를 파악하는 것도 좋지만, 자신이 능동적으로 춤을 추고 있다는 걸 잊지 않았으면 좋겠어. 그 즐거움을 잊지 않아야 해. 아브라소도 능동적으로 내가 안는 거야. 그러니 휘둘리지 마세요. 오늘 남은 시간에는 저랑 두 곡 정도 맞춰볼 건데 자세 이런 거 신경 쓰지 말고 그냥 막 춰 봐요. 재미있게!"

그런 뒤 나는 선생님이 선곡한 곡으로 격식 없이 탱고를 즐겼다. 아마 나를 생각해서 그랬는지 선생님 역시 평소보다 더 즐겁게, 편하게 추셨다.

'그래, 잘하려는 생각을 버리자. 그냥 즐기자!'

선생님과 그렇게 추다 보니 마치 내가 여섯 살 때로 돌아간 것 같았다. 어릴 적 나를 유난히 예뻐해 주던 옆집 아주머니가 생각났다. 아들만 둘이었던 그 집의 아주머니는 늘 나를 데리고 이런저런 이야기를 나누며 놀아주셨다. "아줌마가 딸이 없어서 그래. 우리 승은이 같은 딸이 하나 있었으면 좋겠다." 하시며 언제나 내 손을 꼭 잡아주시고 머리도 곱게 빗겨주셨다. 가끔 노래도 불러보라고 시키시곤 용돈을 두 손에 쥐어주셨다. 내가 어떻게 해도 늘 예쁘게만 봐 주었던 고마운 분. 그때는 누구에게 잘 보일 필요도 없고 그저 하고 싶은 대로 해도 사랑받는다는 그 안전하고도 행복한 기억이 난다. 그

117

까불까불한 기분을 떠올리며 춤을 추니 그때와 현재가 연결되어 내 몸에 새로운 행복감을 채워주는 것 같았다.

"거봐, 승은이가 모르는 피구라를 해도 발을 일찍 딛질 않네. 즐기면서 하니까 다 할 수 있는 거야. 기술적으로 잘 안되는 건 의지만 있으면 시간이 해결해 줘. 근데 그 마음은 잊으면 안 돼. 즐거워하는 마음."

이런 가르침 뒤 발을 빨리 딛는 버릇이 완전히 고쳐졌으면 얼마나 좋았을까. 하지만 그때뿐, 내 몸은 그때의 감각을 거짓말처럼 깡그리 잊고 여전히 발을 빨리 딛는다. 그리고 여전히 남에게 폐를 끼칠까 봐, 실수하지 않으려고 조마조마한다. 하지만 이 수업을 계기로 내게 새로운 관점 하나가 열렸다. 실수를 대할 때 작은 여유를 갖게 된 것이었다. 실수를 웃으면서 흘려보내는 법도 배웠다. 미안해서 실수한 동작을 계속 붙잡고 있으면 오히려 춤의 흐름을 막고 열의를 깨뜨린다. 실수는 가벼이 웃어넘기고, 그 다음 내가 할 수 있는 동작에 집중하다 보면 완벽하진 않아도 어느새 상대방과 함께 내 춤을 완성할 수 있다.

내가 즐겁지 않은데 상대방이 어떻게 즐거울 수 있을까. 자녀가 즐겁기를 바라면서 매일 죽을상을 하고 있는 부모가 없듯이, 탱고도, 인생도, 사랑도 함께 즐거워야 정말로 즐거운 것이 된다. 함께하는 즐거움을 위해 나 스스로 즐거움을 놓치지 말자고 다짐했다.

⑤ 매력은 약점에서 나온다

"어머, 동작이 참 예쁘던데 어느 여자 선생님한테서 배웠어요?"

"아, 저는 남자 선생님한테서만 배웠어요."

"네? 정말요? 근데 동작이 정말 예쁘던데."

가끔 밀롱가에 가면 어느 선생님한테 배웠냐고 질문을 듣곤 한다. 선생님의 이름을 말씀드리면 다들 잠깐 당황해한다. 여자 선생님의 이름을 말할 줄 알았기 때문이다. 오히려 사람들의 반응에 내가 당황한 적도 있었다(탱고에서는 남자 혼자 수업하시는 분들도 많이 계신다).

처음에는 당연히 나도 남녀 두 분에게 탱고를 배울 거라 예상했다. 그런데 딱 한 번 선생님의 생일 밀롱가 때 우연히 뵈었던 여자 선생님을 그 뒤로는 다시 보지 못했다. 여자 선생님은 수업을 하지 않으시냐고 여쭈었더니 선생님께서는 약간 미안한 듯이 이렇게 말씀하셨다.

"아, 사실은 그 선생님의 본가가 학원에서 멀리 있는데, 선생님 부모님이 많이 편찮으셔요. 형제자매가 없어서 선생님이 본가에 들어가서 부모님 수발을 해야 하나 봐요. 상황이 어느 정도 정리되면 다시 오실 거예요."

부모님이 아프시다는 말씀을 들으니 아쉬움 대신 안타까운 마음이 먼저 올라왔다. 그렇다고 학원을 옮길 생각도 별로 들지 않았다. 선생님이 워낙 잘 가르쳐 주시니 우선 이곳에서 수업을 잘 듣고 실력을 쌓다 보면 곧 여자 선생님께도 배울 기회가 생길 거라고 생각했다.

이렇게 생각할 수 있는 이유는 바로 탱고가 즉흥으로 추는 춤이기 때문이었다.

탱고에는 크게 두 가지 종류가 있다. 하나는 '에세나리오 탱고'이고 다른 하나는 '살롱 탱고'다. '에세나리오'는 영어의 '시나리오'와 같은 말로 탱고의 자세, 발동작, 스타일을 기본으로 안무를 짜고 미리 '약속된' 대로 쇼처럼 춤을 추는 '공연용 탱고'이다.

반면 '살롱 탱고'는 사교나 취미의 목적으로 추는 탱고로 미리 정한 안무 없이 즉흥적으로 춘다. 보통 우리가 일반적으로 배우는 탱고가 '살롱 탱고'다. 남자가 리드를 주면 여자가 그것을 읽고 자세나 동작, 포즈를 취하며 하나의 춤을 만들어가는 것이다. 그러니 살롱 탱고에서는 반드시 리드를 주고받는 법을 배워야 한다.

탱고가 남자의 리드를 받아 그때그때 즉흥으로 추는 춤이라면, 어쩌면 남자 선생님에게서 리드를 읽는 방법을 배우는 것이 더 본질에 가까운 것일 게다. 아마 여자 선생님이 계셨더라면 나 역시 그분이 하는 동작을 보고 외워서 따라 하려고 했을 것이다. 하지만 나는 그런 기회가 없었기에 오히려 남자 선생님의 리드를 최대한 잘 받아내는 데 집중했다. 그런데 이것이 오히려 좋은 습관을 만들어주었다.

남자의 리드를 읽어내는 건 쉽지 않다. 리드를 잘 읽으려면 아브라소 자세에 틈이 벌어지면 안 된다. 중심이 흔들리지 않아야 하고, 상대방과의 커넥션도 잘 유지해야 한다. 남자가 어떻게 리드를 줄지 모르기 때문에 여자 선생님의 동작을 미리 봐 두었다가 따라 하는 건 참고는 될 수 있지만, 내 몸이 직접 느끼기는 어렵다. 물론 오로지 남자 선생님의 리드로만 탱고를 배우다 보니 종종 낭떠러지를 걷는 기분일 때도 있었다. 리드를 받는 여자 입장에서의 동작을 배운 게 없으니 실력이 더디 느는 것처럼 보이기도 했다. 하지만 한편으로는 남자 선생님한테만 배웠는데도 여자의 동작을 누구보다 더 잘한다면 그것 자체가 재미있고 좋은 캐릭터가 되겠다는 생각도 했다. 만일 부족한 게 있다면 여자의 몸 쓰는 방식이나 표현을 익히기 위해 워크숍 등을 통해 보충해 나가면 된다.

뉴욕에 사는 M은 내가 탱고를 시작한 지 5개월 정도 되었을 때 학원에서 처음 만난 사이다. 한국에 잠깐씩 들어올 때마다 꼭 우리 학원에 들러서 선생님께 수업을 들었던 그녀는 탱고를 춘 지 벌써 10년이 넘었지만, 탱고에 대한 애정과 열정이 여전히 대단했고, 실력 역시 열정 못지않게 대단했다. 그녀의 춤을 본 순간 그만 입이 벌어지고 말았다. 자연스럽고도 여유 있는 발동작, 파트너에 대한 몰입, 그 생생한 느낌은 정말이지 다른 세상을 보는 듯했다. 그녀의 탱고는 이제 겨우 5개월 차인 나에게 긍정적인 질투를 불러일으켰다. 좋은 자극이었다.

탱고에 대한 그녀의 이야기를 들으니 그녀의 열정이 이해가 되었다. M은 좀 더 정확한 탱고 동작을 얻기 위해 도서관에 가서 탱고의 역사에 관한 책도 찾아보고, 근육과 몸의 구조에 관해서도 따로 공부를 했다고 한다. 또 탱고로 유명한 선생님들이 하는 수업이나 워크숍을 찾아서 꾸준히 들었다고 한다. 그렇게 공을 들였으니 그녀의 탱고가 멋진 것은 당연했다. 누구보다 진지한 태도로 춤에 임하는 그녀의 정직하고 건강한 탱고에 나는 완전히 반해버렸다.

코로나로 인해 한국 방문이 어려웠던 M을 3년의 시간이 흐른 뒤에야 다시 만날 수 있었다. 나와 함께 수업을 듣던 M이 나를 붙잡고 이렇게 말했다.

"정말 많이 늘었네요!"

'3년 만에 봤으니 당연히 늘기야 했겠지' 하고 인사치레로 생각하고 말았는데, M이 계속 빤히 쳐다보며 넋두리하듯 이렇게 감탄하는 것이었다.

"근데, 춤이 되게 좋네. 춤을 되게 잘 받아!"

나는 처음 듣는 그 평가에 어찌할 줄 몰랐지만, 그녀의 인정을 받은 것 같아 무척이나 기뻤다. 그리고 뭐가 좋다는 건지, 춤을 잘 받는다는 게 뭘 말하는 건지 궁금했지만 쑥스러워서 차마 물어보지 못했었다.

다시 1년이 지났고 그녀를 학원에서 재회했다. 그사이 우리는 마음으로 한껏 가까워져 있었다. 그녀에게 부끄럽지만 솔직하게 물어봤다. 작년에 나를 봤을 때 해 주었던 말을 기억하냐고. 어떤 인상을 받았는지, 내 탱고가 어떤지, M의 시각과 평가라면 아무 고민 없이 믿을 수 있을 것 같으니 편하게 이야기해 달라고 부탁했다.

"승은 님이 탱고를 처음 시작했을 때의 모습을 제가 알잖아요. 근데 정말 너무 빨리 좋아진 거예요. 작년에 봤을 때도 벌써 한 5~6년 차 느낌이었거든요. 나는 오히려 이 짧은 시간에 승은 님이 어떻게 그렇게 탱고가 늘었는지가 궁금해요. 그리고 승은 님 연차 정도 되면 멋을 많이 부리고 싶어 하거든요. 근데 그런 게 하나도 없었어요. 승은 님은 선생님의 리드를 정말 즉석에서 잘 받아내거든요. 탱고한 지 3년 된 거 맞지요? 그 연차에서 그만큼 하기는 정말 어려운 거예요. 춤이 뭐랄까, 정말 깨끗해서 놀랐어요."

우와, 이런 말을 들을 수 있다니. 세상을 다 가진 것 같았다. 그동안 탱고를 배우면서 스스로 아쉬워했던 것들이 한 번에 사라지는 기분이었다. 여태껏 코로나로 인해 남들보다 못한 환경에서 탱고를 배웠다고 생각했다. 아이들 때문에, 생업 때문에 밀롱가에도 자주 나가지 못했던 나로서는 오로지 절대적으로 수업에만 의존할 수밖에 없었던 터라 늘 아쉬움이 있었다.

그런데 M의 이야기를 듣고 나의 약점이라 생각했던 환경이 오히려 강점으로 작용했구나, 하는 확신이 들었다. 동작을 보고 따라 하는 것보다 아무것도 모르는 상태에서 리드를 받고 구현해 보는 '정석'의 방식으로 수업을 들었던 게 더 좋은 결과를 가져온 것이었다. 그리고 그렇게 만들어 온 나의 탱고가 10년 차 '탱고 선배', 그것도 누가 보아도 멋진 탱고를 추는 그녀가 보기에도 매력적이라니!

어쩌면 매력은 부족한 데서 나오는 건지도 모른다. 내가 살아온 삶도 계속 그것을 알려주었다. 상황이 되어야 내가 원하는 걸 할 수 있을 것 같지만, 꼭 그렇지는 않다. 모든 걸 가진 잘난 사람이 시선을 끌 것 같지만 그런 것도 아니다. 부러움은 사람의 마음을 사지 못한다. 진정한 삶의 힘과 매력은 오히려 약점을 대하는 태도에서 나온다. 분명히 완벽하지 않은데, 결점이 있는데도 넘어서고 극복하면 똑같은 약점을 가진 사람들이 다가오기 시작한다. 그런 사람이 이미 다 갖춘 잘난 사람보다 훨씬 매력적이지 않은가.

천재성을 키워내는 바탕은 재주가 아니라 '좋아하는 힘'이다. 이런 열정이 없으면 잠깐 반짝할지는 몰라도 천재성을 꽃피우는 데까지는 가지 못한다. 좋아하는 힘이 뒷받침되어야 그때그때 만나게 될 모든 어려움을 감내할 수 있기 때문이다.

여전히 리드를 잘 못 읽는 내 감각아, 아직도 흔들리는 코어 근육들아, 탱고를 좋아하는 마음으로 너희들과 잘 지내는 게 내가 지켜야 할 태도인지도 모르겠구나!

⑥ 나이 든 신사의 멋

누군가 내게 '세상에서 가장 멋진 남자가 누구인지' 묻는다면 나는 '나의 이모부'라고 망설임 없이 대답한다. 완벽한 미남은 아니지만, 온화한 표정 때문에 본래 얼굴보다 훨씬 멋있게 보인다. 내가 이모부를 멋지다고 말하는 이유는 그분이 보여준 배려 때문이다. 이모부는 대단한 미식가지만 결코 그걸 드러내지 않으면서 같이 먹는 사람을 먼저 배려하셨다. 어느 호텔에서 같이 식사를 할 때였다. 이모부가 한 입 드시고는 웃으면서 이렇게 말씀하셨다.

"승은아, 이 스파게티 절대 먹지 마라. 정말 맛없다."

그러시고는 오히려 당신은 남김 없이 맛있게 드시면서 접시를 깨끗하게 비우셨는데 그게 그렇게 멋져 보였다. 어렵게 구한 맛난 음식들을 나눠주며 좋아하시던 우리 이모부는 공부는 못해도 좋으니 좋아하는 건 꼭 있어야 한다고 말씀해 주셨던 분이셨다.

유학생 마누라 시절, 독일에서 돈이 없어 미용실에 간 지 1년이 넘었다는 이야기를 이모에게 전해 듣고는 이모부가 거금 백만 원을 보내주신 적이 있다. 힘들어도 아름다움을 잃지 말라고, 생활고로 걱정이 많아도 꼭 자기를 위해 돈을 쓰라고 일러주신 것도 이모부였다. 이처럼 나는 이모부를 통해 나이 든 남자의 멋스러움을 알게 되었다. 사람을 대할 때의 여유, 온화함, 단정한 옷차림, 자신을 드러내지 않는 겸허함 속에 단단하게 잘 익은 경험과 실력이 연륜과 합쳐졌을 때 나오는 행동들은 저렇게 깊은 멋이 있다는 것을 깨달았다.

탱고를 추다가 만나게 되는 노년의 신사들에게서도 가끔씩 이모부와 같은 멋을 느낀 적이 있었다. 사실 그보다 젊은 땅게로와 만날 일이 더 많기는 하다. 밀롱가에서 20대 후반으로 보이는 땅게로와 탱고를 추는데 매너도 좋고, 몸도 좋고, 인물도 좋고 심지어 키까지 컸다. '와, 이러면 여자들이 가만히 두지 않을 텐데' 할 정도였다. 같이 자세를 잡다가 이마를 맞닿았을 때 느껴졌던 그 피부의 탄력에 내심 놀라며 '역시 나이는 속일 수가 없구나!' 했다. 그런데 그가 춤을 추는 중간중간에 계속 자기 리드가 어땠냐고 물어보는 것이다. 자꾸 그러니 나도 뭐라 하기가 부담스러워졌다. 이런 훌륭한 외모를 가지고도 이렇게 여유가 없고 조급해하다니. "조금 실수하면 어때"라고 말해 주고 싶었지만, 그렇게 말하면 이 잘생기고 매너 좋은 땅게로는 본인이 실수했다는 사실에 더 조급해할 것 같아서 대충 웃으며 얼버무렸다. 이런 안절부절은 젊음에서 나오는 것이고, 그만큼 자기를 확인하고 싶다는 뜻이니까. 물론 이것 자체에도 나름 풋풋한 매력은 있다.

이에 반해 나이가 있는 땅게로들은 공통적으로 특유의 여유가 있다. 오랜 시간 췄든, 얼마 안 되었든 몸짓에서 자연스러움이 배어 나온다. 혹시 그가 긴장을 하고 있더라도 젊은 땅게로의 긴장감과는 묘하게 다르다. 침착함을 머리가 아닌 몸에 머금고 있다고 할까. 그러기에 나 역시 안전하다고 느껴서 좀 더 춤에 집중할 수 있게 된다. 아마도 그 침착함은 인생의 깊은 연륜에서 나오는 것일 게다.

젊음이 가질 수 없는 매력. 이를 가장 잘 보여준 것이 앞에서 말한 영화 〈여인의 향기〉의 그 장면이다. 시력을 잃어도, 그녀가 처음 보는 사람이어도, 삶을 먼저 겪어본 사람이 보여줄 수 있는 너그러운 태도와 매너로 상대방을 편안하게 해 주는 것이다. 이 매력을 설명하는 데 무슨 말이 더 필요할까. 물론 정장을 잘 갖춰 입고, 말이 아닌 까베세오로 춤 신청을 하고, 탱고를 춘 이후 추근대지 않는 것, 그러니까 기본을 잘 지키는 것이 중요한 포인트이다. 만일 대충 아무렇게나 바지 속에 쑤셔 넣은 티셔츠 차림에 흐트러진 몸가짐, 여성 호르몬의 증가로 마구 뿜어져 나오는 자기 자랑과 수다의 욕구를 도무지 주체할 수 없다면, 그가 아무리 사회적 지위가 높아도 재력이 마천루처럼 쌓여있다 해도 다음부터 나는 그의 까베세오를 그냥 모른 척하지 않을까.

⑦ 엄마의 탱고

탱고 수업을 듣다 보면 늦은 밤에 귀가하는 경우가 많다. 그럴 때마다 아이들이 엄마를 찾지 않을까 늘 미안한 마음이었다. 하지만 처음 만난 나의 세계를 포기할 수는 없었다. 나는 그저 내게 주어진 시간 동안 최선을 다해 아이들을 사랑하고, 또 탱고를 사랑할 뿐이었다.

지금은 초등학교 5학년이 된 딸이 막 1학년이 되었을 때의 일이었다. 나는 서재에서 리스본에서 열리는 탱고 페스티벌 영상을 보고 있었다. 탱고 스타들이 많이 나오는 대회인데 기량과 기술이 모두 대단했다. 나도 저렇게 잘 추고 싶은데, 하는 마음으로 한껏 빠져 영상을 보고 있었다. 딸이 슬그머니 내 옆으로 와서 잠시 1분쯤 탱고 영상을 함께 보더니, '툭' 하고 질문을 던졌다.

"엄마, 엄마는 탱고 잘 춰요?"
"아니, 이제 시작한 지 얼마 안 되었으니까 잘 못하지. 그런데 왜?"
"엄마가 빨리 탱고를 잘 춰서 저런 세계 대회에 나갔으면 좋겠어요."
"뭐? 세계 대회? 승연이는 엄마가 탱고 추는 게 좋아?"

딸은 고개를 재빠르게 끄덕이며 말했다.

"네! 좋아요."

"그래? 왜 좋아?"

"열심히 하는 것 같아서. 학원 가기 전에 간식도 준비해 주고. 예쁜 옷을 입고 가는 것도 좋아요."

놀라웠다. 그저 내가 좋아하는 걸 할 뿐이었고, 그래서 아이들한 테 미안한 마음이 있었는데 예상외로 아이들은 나를 지지해 주고 있었다. 같이 있어 주지 않는다고 투덜댈 줄 알았는데 오히려 내 모습을 응원하고 격려해 주었다. 그래서 아이들은 부모의 뒷모습을 보고 자란다고 하나 보다.

또 한번은 딸 아이와 병원에 다녀왔다. 그날은 원래 탱고 학원에 가야 하는 날인데 딸 아이가 평소보다 피곤해하길래 안쓰러운 마음에 학원에 가는 대신 같이 저녁을 보내야지, 하고 있었다. 같이 침대에 누워서 도란도란 이야기를 하는데 딸 아이가 나에게 물었다.

"엄마, 근데 오늘 탱고 학원 왜 안 가요?"

"응, 오늘 승연이가 병원 다녀와서 피곤하니까 엄마랑 같이 있고 싶어 할까 봐 안 갔지. 그런데 왜?"

"음, 엄마가 나랑 있는 것도 좋지만 그래도 탱고 학원에 갔으면 좋겠어요."

"왜? 엄마랑 있기 싫어?"

"아니요. 엄마, 얼른 탱고 1등 해야지요. 나는 엄마가 빨리 탱고 1

등 했으면 좋겠어요."

아이들은 알고 있었다. 내가 단순히 놀러 나가는 게 아니라는 걸. 아이들은 춤에 대한 편견도 없었고, 엄마가 바빠졌지만 원하는 것을 하느라 애쓰고 있다는 것도 알아주었다. 그저 엄마가 좋아하는 것을 온전히 받아주는 것이다. 예상치 못한 반응이었다. 무관심할 줄 알았는데, 모르겠거니 했는데, 아이들은 나의 일상을 관심 있게 보고 있었다.

어느 날, 엄마에게서 전화가 왔다.

"얘, 나는 너희 애들이 좀 신기하더라. 승연이랑 승운이한테 내가 자주 연락을 하잖니. 그러면 둘 다 항상 뭔가 계속 찾아서 스스로 하고 있어. 승연이는 어제 도서관에서 코딩 책을 빌려 와서 코딩한다고 나한테 자랑을 하고, 승운이는 받아쓰기 틀린 걸 혼자서 연습하고 있다고 이야기를 하더구나. 혼자 틀린 걸 들여다보는 게 그 나이에 쉬운 게 아닌데. 근데 너희 애들은 뭔가 스스로 찾아가면서 발전해야 한다고 생각하더라고. 그게 정말 신기해. 요즘 애들이 다 이렇게 똑똑한 건가?"

또 한번은 아이들이 다니는 초등학교에서 학부모 상담을 했다. 승연이가 궁금했던 선생님은 오히려 나에게 이런저런 질문을 하셨다. 그래서 분위기가 무척 좋았다. 마지막에 선생님께 제가 낮에는 일을 하고, 매일은 아니지만 탱고를 배우는 데 시간을 최대한 빼서 사용하느라 가끔 아이를 못 챙길 수도 있으니 부모가 반드시 알아야 할 사항이 있다면 부담 갖지 말고 알려달라고 말씀을 드렸다. 그러자 선생님의 눈이 커지더니 이렇게 말씀하셨다.

"어머님, 승연이가 좀 뚱하다가도 다채로운 표정들이 있어서 인상적이었는데 오늘 어머님을 만나니 그 이유를 알 거 같네요. 그리고 어머님, 탱고라니! 정말 멋있으세요. 승연이도 엄마를 자랑스러워하는 것 같더라구요. 정말 좋은 환경에서 아이들이 자라고 있는 것 같네요."

선생님의 반응에 내가 더 놀랐다. 생각해 보면 내가 탱고를 시작한 뒤 언젠가부터 아이들은 혼자서 원하는 것을 찾고, 해 보고, 그걸 나에게 이야기하기 시작했다. 특별히 숙제를 따로 봐주거나 일일이 체크하지 않은 지 꽤 된 것 같다. 하지만 두 아이들 모두 알아서 잘하고 있고, 모르는 것이 있을 때만 내게 들고 온다. 교회에 드럼 교실이 열리는 걸 보고 스스로 등록해서 토요일 아침마다 가는 딸. 반 친구가 가진 리코더 소리가 좋다며 모든 친구들의 리코더 소리를 들어보고 맘에 드는 리코더- 나무 리코더였다 -를 찾은 후 그 리코더를 사달라는 아들. 아이들은 어쩌면 좋아하는 일을 찾고, 그것에 집중하는 내 모습을 유심히 보고 있었는지도 모른다.

비록 아이들과 보내는 시간은 줄어들었지만, 나는 마치 탱고를 줄 때 상대방에게 그러는 것처럼, 아이들과 함께하는 시간만큼은 완전히 집중했다. 그리고 아이들은 진심을 담은 내 마음을 그냥 지나치지 않았다!

뭉클했다. 동시에 뿌듯했다. 내가 너무 아이들에게 무관심한 게 아닐까 걱정했는데 오히려 나만의 세계를 찾아 즐거워하는 내 모습을 보고 배우는 아이들이 기특했다.

아이들에게 말하고 싶다.

"승연아, 승운아, 너희들도 세상을 살면서 인생에서 좋아하는 것을 찾고 그것을 지키고 가꾸기 위해 노력할 줄 알았으면 좋겠다. 그것을 놓치지 않으려는 용기를 갖고 살아가렴."

나의 탱고와 함께 아이들도 자라고 있다. 어쩌면 이건 내가 아이들에게 배운 것일지도 모른다. 마음으로 하는 일은 마음이 알아준다는 것 말이다!

탱고를 추러 간다고 하면 탱고를 모르는 사람들은 막연하게 즐겁고 신나는 시간을 보내다 올 것이라 생각한다. 다른 춤은 어떤지 모르겠지만 탱고를 추는 밀롱가의 분위기는 생각보다 은근히 정글이고 전쟁터처럼 긴장감이 감돈다. 남자의 '까베세오'를 받아야 춤이 시작되기에 여자들 사이에서도 은밀한 경쟁을 한다. 춤을 추든 안 추든 일단 신청이 많이 들어와야 안심하고 고를 수 있는 것이다.

남자도 마찬가지이다. 아무리 신청의 눈빛을 보내도 상대가 거절하며 고개를 돌리면 그 순간 매우 당혹스럽고 불쾌하다. 나이가 많든 적든 누군가에게 거절을 당하는 건 언제든 기분이 울적해진다. 거절과 신청이 자유롭지만, 그렇기에 남자든 여자든 실력이 좋은 사람에게 춤 신청이 몰리는 것은 인간지사 어쩔 수 없다. 그래서 탱고 실력이 부족한 경우 밀롱가 세 시간 동안 한 곡도 못 추고 돌아오는 경우도 있다.

밀롱가에서만 쓰는 서글픈 은어가 있다. 아무리 춤 신청을 해도 모든 여자가 거절하는 남자를 '벽 곰팡이', 아무에게도 춤 신청을 받지 못하는 여자를 '벽 꽃'이라 부른다. 벽 가까이 놓여 있는 의자에서 좀처럼 플로어로 나오지 못하는 모습을 빗댄 것이다. 우습기도 하지만 당사자의 심정은 어떨까. 조금 웃픈 표현이기도 하다.

그러니 다들 '벽 곰팡이', '벽 꽃' 신세에서 벗어나기 위해 치열하게 노력한다.

지금이야 춤 신청을 잘 받지만 나 역시 '벽 꽃' 시절이 있었다. 처음에는 학원 밀롱가에 나갔다. 초짜일 때는 학원에 있는 땅게로들이 예의상 한 번씩 신청해 주기도 했다. 하지만 아예 신청을 못 받는 경우도 당연히 있었다. 세 시간 반 내내 두 딴따(탱고를 추는 기본 단위, 라운드쯤의 의미. 한 딴따가 보통 서너 곡으로 이뤄진다)만 추고 집에 온 적도 있었다. 그 세 시간 동안 아무것도 안 하고 앉아만 있으려니 무척 곤혹스러웠다. 눈물이 핑 돌기도 했다. 혼자 생각에 잠겨 밀롱가는 단원평가 같은 거라고 위로했다. 내가 아직 수업시간에 배운 것을 소화하지 못했다는 증거니까 지금 이 기분은 오답 노트를 보는 거라 생각하자며 스스로 다스린 날이 꽤 많았다.

탱고가 뭐라고 이런 수치스러움을 견뎌야 하는 걸까. 탱고를 추는 건 즐기기 위함이지 남에게 맞추기 위함이 아니다. 그런 면에서 탱고는 자존심이 있는 춤이다.

코로나가 끝나갈 무렵 외부 밀롱가를 조금씩 나가보기 시작했다. 생각보다 춤 신청이 전혀 없진 않았다. 아마 그동안 수업을 계속 들으며 갈고 닦았기에 아주 초짜처럼 보이지는 않았던 것 같았다.

한번은 재미있는 까베세오를 받은 적이 있었다. 어떤 여자분이 나를 위아래로 훑더니 명랑한 목소리로 자신을 소개했다.

"어머, 인상이 너무 좋으세요. 제 닉네임은 P구요. 여기 자주 와요? 나는 홍대 쪽을 자주 가는데 오늘 간만에 와 봤어요."

"아, 저는 승은이에요. 저도 자주 다니는 편은 아닌데 여긴 두어 달

만에 와 본 거 같아요."

우리는 간단히 통성명을 했다. 마침 서로 춤 신청이 들어와서 각자 열심히 추고 나니 아까 만났던 P 님을 다시 자리에서 마주치게 되었다. 그런데 갑자기 나를 보면서 이렇게 말하는 것이다.

"어머, 아까 추는 거 봤는데, 자기 되게 매력적이더라. 잠깐만 기다려봐, 여보~ 여보~ 어디 있어? 빨리 빨리! 이분이랑 좀 춰봐! 이분 정말 괜찮아!"

그녀는 내 손을 잡고 끌어다가 자신의 남편 앞에 데려다 주었다. 나는 그녀의 남편과 얼떨결에 플로어에 나가서 춤을 추기 시작했다.
탱고 인생에 좀처럼 만나기 어려운 특이한 까베세오였다. 이렇듯 밀롱가는 그동안 연마한 탱고 실력과 자기만의 매력으로 눈에 띄어야 살아남는 곳이다.
밀롱가에 오는 남자와 여자들은 자신의 원래 직책이나 사회적 역할에서 잠시 벗어난다. 계급장 같은 것은 다 떼고, 그저 멋진 남자, 멋진 여자로 자신의 매력을 뿜어낸다. 그래서 밀롱가에서는 사람들의 보다 원초적인 분위기를 맛볼 수 있다. 남자들은 서로의 실력에 예민해지고, 여자들 역시 자신의 예쁨을 한껏 뽐낸다. 사회에서 내 지위가 아무리 높더라도 밀롱가에 오면 춤 실력이 새로운 기준이 되기에, 그리고 그 평가를 처음 보는 이성에게 받는 것이기에 더 예민해진다. 어쩌면 사회적 지위와는 하등 무관한 그 평가가 더 진실할 수도 있는 법이다.

우리 학원에서 열리는 밀롱가에서 선생님의 진행을 돕다 보니 나는 어쩔 수 없이 안방마님의 역할을 수행하는 경우가 많았다. 내가 자처해서 한 일이었지만, 한 가지 어려움이 있었다. 밀롱가의 안방마님은 돋보여서는 안 된다. 물론 그날 오는 성비의 상황에 따라 분위기를 조절하기는 한다. 땅게로가 많은 날은 좀 더 여성성을 강조하고, 반대로 땅게라가 많은 날은 여성성을 굳이 드러내지 않는다. 그러다 보니 나도 마음껏 내 여성의 매력을 발산하고 싶은 마음을 꾹꾹 눌러야 하는 날도 있다. 평소에야 그럴 일이 잘 없는데 뭔가 뽐내고 싶은 상황, 원초적인 자랑을 하고픈 이 분위기에서 예쁜 척하지 않고 잘난 척의 욕구를 억누르는 게 이렇게 힘든 일인 줄은 몰랐다! 그래서 어떤 날은 주방에 가서 혼자 몰래 울다 온 적도 있었다. 사람이 이렇게 겸손하기가 힘들구나. 그 순간 깨달았다.

우리는 모두 왕자와 공주가 되고 싶은데 현실은 그렇지 못하다.

이 순간만이라도 나는 여기서 최고이고 싶었다. 만약 탱고가 없었다면 이 사람들은 현실에서 얼마나 더 많은 눈물을 흘려야 했을까.

그래서 탱고를 출 때 만나는 모든 땅게로를 최고의 남자로 여겨야겠다고 마음먹었다. 그리고 나 역시 최고의 땅게라로 탱고의 순간 내 매력을 뽐내야겠다. 그것이 서로를 위해주는 일일 것이다. 그래야 세상을 살아갈 힘을 낼 수 있을 테니까.

Chapter

3

탱고를 들여다보다

모두의 탱고, 뽀르 우나 까베짜

누구나 '탱고' 하면 떠오르는 그림이 있다. 〈여인의 향기〉에 나오는 '뽀르 우나 까베짜Por una cabeza'의 음율과 알 파치노의 멋스러운 탱고 장면이다. 이 매혹적인 장면에 매력을 느껴서 탱고를 시작했다는 사람이 생각보다 많다. 하지만 정작 탱고를 배운 뒤 이 장면을 보면 멋스럽기는커녕 당혹스럽기 그지없다. 뻣뻣한 알 파치노의 손 동작과 리드, 엉성한 스텝과 자세는 무엇이란 말인가. 아브라소도 잘 맞지 않고 스텝이나 동작이 음악과 따로 논다. 하지만 동작이 엉망이어도 사람들은 감동을 느낀다. 중요한 건 동작이 아닌, 탱고 본질에서 오는 정서니까. 완벽하지 않아도 시도해 보는 자유, 상대방을 배려하는 신사도, 낯선 이에게 보여주는 멋스러운 매너가 감동을 주는 게 아닐까. 그러니 혹 알 파치노의 탱고가 엉망이라도 그것은 그것대로의 탱고다.

보통 생의 마지막 순간에 사람들이 가장 후회하는 것은 해 보고 싶은 것을 이런저런 이유로 시도하지 않은 것이라고 한다. 그런데 〈여인의 향기〉의 그 장면에서는 '후회를 남기지 않는 몇 분'이 무엇인지를 제대로 보여주고 있다. '누구에게는 몇 분이 일생'이라는 말을 들었을 때 도나가 생각에 잠길 틈도 없이 일생일대의 단 몇 분의 중대한 사건이 느닷없이 벌어진다. 프랭크가 탱고에 대해 이야기를 꺼낸 것이다.

사실 그때 레스토랑에는 이미 탱고 음악이 흐르고 있었다. 프랭크가 처음 도나에게 말을 걸고 이야기를 나누기 시작했을 때는 '아 메디아 루스A media luz'와 '엘 초클로El Choclo'가 흘러나왔다. 그리고 결정적으로 탱고를 배우고 싶지 않냐고 묻는 그 순간에는 '비다 미아Vida Mia' 곧 '나의 인생'이라는 탱고곡이 겹쳐졌다. 우연의 일치일까, 아닐 것이다.

남자 친구가 싫어서, 괜히 평화를 깨기 싫어서 자꾸 타인의 선택에 휘둘린 그녀였지만 프랭크는 안전하게, 여유 있게 자신의 선택을 하도록 돕는다. 그 5분간, 아마도 도나는 후회가 없었을 것이다. 못해도 괜찮다. 나의 실수는 상대가 책임져 주기 때문이다. 도나는 마침내 한 가지 편견을 깨뜨릴 수 있었고, 그로 인해 새로운 세계를 얻었다.

낯설고 선량한 사람에게서 자유를 얻고, 안전한 상태에서 편견을 버릴 수 있는 기회가 있다면 나는 그 기회를 기꺼이 활용하고 싶다. 〈여인의 향기〉의 탱고가 기술적으로 완벽하지 않음에도 마음을 끌었던 이유가 여기에 있다. 새로운 두려움을 이기게 해 주는 설렘.

프랭크는 도나에게 그런 설렘을 선물했던 것이다.

2024년 5월, 뮌헨의 님펜부르크 성Nymphenburg Schloss에서 열리는 밀롱가에서 탱고를 추었다. 그때 같이 탱고를 추던 독일 남자는 너무 긴장했는지 계속 실수를 했고, 그때마다 계속 "파든pardon, 파든"을 연발했다. 한두 번이야 그냥 넘어가겠는데, 10초에 한 번씩 '파든'을 외치니까 좀 안쓰러운 생각이 들어서 이렇게 말했다.

"괜찮아. 걱정하지 마. 이건 탱고야. 모든 게 옳고 매 순간이 다 옳아. 왜냐하면 이건 탱고니까."

그러자 그 남자는 잠시 멍하니 날 보더니 곧 환하게 웃으면서 다시 탱고를 추기 시작했다. 그 뒤로도 실수가 전혀 없던 건 아니지만 한결 편안하게 춘 덕에 나도 기분이 좋았다. 모든 곡을 끝내고 나서 그 남자는 말했다.

"당케(독일어로 고맙다는 뜻)를 한국말로 어떻게 발음해? 나는 정말 한국의 탱고를 사랑하게 될 거 같아."

벅찬 감동으로 그는 나에게 굳이 한국말로 감사하다는 말을 하고 싶어했다. 마음이 열린 그는 난생처음 하는 일을 시도하고 있다. 나는 천천히 또박또박 발음해 주었다.

"감. 사. 합. 니. 다."

"카. 사. 하흐. 타. 아, 미안해. 도저히 따라 할 수가 없네."

"하하, 괜찮아. 완벽하지 않아도 돼. 나에게 한국어로 말하고 싶었던 너의 마음이 중요한 거야."

스텝뿐만 아니라 혀까지 엉킨 그였지만, 어쩌면 그와 보낸 몇 분이 가장 탱고다운 시간이 아니었을까. 완벽하지 않았기에 그래서 더욱 완벽하게 탱고다운 대화였다.

공감의 탱고, 카를로스 가르델

처음 탱고학원에 갔을 때부터 입구에 걸려 있는 잘생긴 남자의 사진이 눈에 들어왔다. '저 고운 미남은 누구지?' 그냥 잘생긴 게 아니라 꽃미남처럼 예쁘게 잘생겼다. 첫눈에 봐도 '인기 좀 있었겠네' 하는 생각이 들었다. 나중에 선생님께 여쭤 보니 그가 바로 '카를로스 가르델'이었다. 아, 〈여인의 향기〉에 나오는 '뽀르 우나 까베짜'를 작곡한 사람이 이렇게 잘 생겼었구나! 곡도 사람을 닮아 아름다웠던 걸까?

알고 보니 '뽀르 우나 까베짜'의 내용은 그 상냥한 곡조와는 달리 비련의 사랑 이야기였다. 너무 가난한 주인공 남자는 사랑하는 여자를 책임질 수 없었고, 그녀를 행복하게 해 줄 목적으로 가진 돈을 모두 경마에 건다. 하지만 간발의 차이로 경마에서 1등을 놓친다. 사랑을 운명에 맡겼던 그는 모든 재산을 잃었고, 사랑하는 그녀도 떠나간다. 모든 계획이 눈앞에서 물거품이 되었다. '뽀르 우나 까베짜'는 직역하면 '말 머리 하나 차이로'라는 뜻이다.

차라리 꼴등이었다면 미련이 덜 했을까. '말 머리 하나 차이'라는 말은 눈앞에 행운이 어른거렸다는 뜻이고, 운명이 그렇게 나를 골탕 먹였다는 뜻이다. 간절히 바랐지만, 이루지 못했던 소원이다.

내게도 그런 일들이 있다. 될 듯 될 듯 놓치게 된 일들. 원하는 대학의 예비합격자 3번이라든지, 서로한 마디만 물었으면 풀렸을 별거

아닌 오해 때문에 영영 끝나버린 관계 등등. 아깝게 놓친 소중한 것은 삶에 미련을 남긴다. 이처럼 속이 말도 못 하게 쓰라린 상황인데도 음악은 다정하고 상냥하다. 마치 별일 아니라는 듯 어깨를 툭툭 두드려주는 것 같다.

사진 속의 가르델도 묘하게 미소 짓고 있다. '나도 그랬어'라고 말할 것만 같은 눈빛이다. 누군가 그렇게 공감해 준다면 우리는 미련에 발목 잡히지 않고 함께 웃어넘길 수 있다.

이 탱고곡에는 놀라운 사실이 하나 더 숨겨져 있다. 이 곡은 단순한 감상용으로, 음악에 맞춰 춤을 춰서는 안 되는 곡이었다고 한다. 춤으로 감히 그의 노래를 가릴 수 없다는, 그러니까 가장 위대한 탱고 가수였던 카를로스 가르델을 기리기 위해 그에 대한 경의의 표

시로 금지한 것이다. 세상에! 내게 탱고의 매력을 알려준 그 곡이 정작 탱고를 출 수 없는 곡이었다니! 기분이 묘했다. 이는 마치 탱고의 매력을 알려준 그를 멀리서 지켜만 보고, 그와는 직접 춤을 출 수 없는 기분이었다. 이 기분 또한 곡과 닮았다. 잡을 수 없는 가벼운 아련함 같다.

하지만 또 한편, 만일 내가 이 사실을 미리 알았더라면 영화를 제대로 볼 수 있었을까 싶었다. 감독이 무식하다며 욕하고 끝나지 않았을까? 어쩌면 삶은 적당히 모르는 게 약일지도 모른다. 역시 모든 건 적당히 감추어져야 예쁘다.

그 뒤 가르델을 알면 알수록 왜 사람들이 그를 사랑하고 선망했는지 알 수 있었다. 가르델은 자신의 재능과 강렬한 열망으로 자신의 운명을 바꾼 사람이었다.

편부모 가정에서 자란 가르델은 아르헨티나 1세대 이주민이었다. 프랑스 출신인 그의 어머니는 세탁소에서 일하며 품삯을 벌었고, 가르델도 10살 때부터 막노동을 하며 이곳저곳을 돌아다녀야 했다. 어려운 환경이었지만 그는 노래를 좋아해서 푼돈이 생기면 극장에 가서 오페라를 관람했는데, 그러던 중 극장 주인의 눈에 띄어 취직하게 된다. 처음에는 허드렛일을 하고 박수 부대로 동원되기도 했지만, 간간이 무대에 보조로 오르기도 했다. 허드렛일이면 어떤가. 자신이 좋아하는 노래가 울려 퍼지는 극장에서 가르델은 얼마나 반짝거리는 눈빛으로 일했을까. 그 때문인지 기타를 치는 친구와 함께 행사를 뛰었는데 제법 인기가 많았다.

그러던 가르델에게 행운이 찾아온다. 탱고 음악에 최초로 가사를 붙여 노래했는데, 그 곡이 대히트를 친 것이다. 아니, 그건 행운이 아니라 어쩌면 당연한 수순이 아니었을까. 재능이 있는 성실한 젊은 이가 그저 무언가에 대한 뜨거운 열정 하나로 치열하게 살아간다. 그리고 그 삶을 노래에 담았다. 그리고 그 음율은 듣는 이의 마음을 울렸다.

그렇게 가르델은 점점 탱고의 아이콘이 되었고, 모두가 가르델의 뒤를 따랐다. 모두가 탱고에 가사를 붙여 노래부르기 시작했고, 가르델처럼 옷을 입었다. 가르델은 영화에도 여러 편 출연했고, 어머니의 나라 프랑스로 건너가 탱고 가수로 활동했다. 이처럼 가르델은 파리에 탱고 열병을 '전염'시켰다. 파리는 그의 부드러운 음색과 매력, 이야기를 무척이나 사랑했고, 마침내 탱고에 열광하는 도시가 되었다.

가르델은 단순히 잘생긴 사람, 노래 잘하는 사람이 아니었다. 그는 실력도 있지만, 무엇보다 마음을 얻을 줄 아는 사람이었다. 약간의 운과 그에 따른 엄청난 성공은 모두가 선망하는 것들이다. 그래서 누군가 그걸 가졌을 때 시기와 질투를 불러일으킨다. 하지만 가르델은 그 모든 것을 가지고도 주위 사람들이 모두 그를 응원하게 만들었다. 그것이 바로 '공감의 힘'이다.

'더 잘 살고 싶다'라는 꿈 하나로 아르헨티나행 배에 몸을 실었던 이들. 하지만 꿈과 현실은 '말 머리 하나 차이로' 자꾸 어긋난다. 가르델은 이민자들의 그와 같은 고단한 삶을 탱고로 대신 표현해 주었다. 그래서 1세대 아르헨티나 사람들은 그를 사랑했고, 그가 잘되길 바랐다. 그의 성공이 내 것처럼 느껴졌던 것이다.

가르델은 1935년, 공연을 위해 콜롬비아로 가던 도중 비행기 사고로 돌연 생을 마감한다. 그의 나이 마흔넷, 최전성기를 구가하던 시절이었다. 뜨겁게 살다가 갑작스럽게 떠났기에 어쩌면 가르델은 사람들의 마음에 더 강렬하게 각인되었는지도 모른다. 짧고도 깊은 사랑, 그리고 이별이 정해져 있는 탱고처럼. 그의 삶과 최후는 탱고와 참 닮았다. 그를 '탱고의 황제, 탱고의 아이콘'이라 부르는 이유가 여기에 있다.

용기의 탱고, 호르헤 루이스 보르헤스

탱고를 배우는 사람은 자연스럽게 '아르헨티나'라는 나라에도 관심을 갖게 마련이다. 쇼팽을 사랑하는 사람이 폴란드에 관심을 두게 되듯이 나도 남미 이야기가 방송에 나오면 귀를 쫑긋하고, 아들이 좋아하는 아르헨티나 출신의 축구 선수 메시를 한 번 더 보게 되었다. 부에노스아이레스에 있는 세계적인 오페라하우스 콜론 극장, 세계에서 가장 아름다운 서점으로 손꼽히는 산타페 거리의 엘 아테네오El Ateneo 서점 등등, 궁금해서 한번 가 보고 싶은 장소도 점점 늘어났다.

탱고에 관한 책도 읽고 싶었다. 아르헨티나 사람들이 말하는 탱고를 알고 싶었다. 자세나 기술을 적어놓은 교본 같은 것 말고, 그들이 느끼는 탱고와 탱고의 문화, 정신 같은 것을 말해 주는 책이 있다면 좋을 텐데, 하는 갈증도 있었다. 그런데 최근 호르헤 보르헤스가 탱고를 주제로 한 강연 원고가 출간됐다는 소식을 들었다!

탱고를 배우다가 어느 땅게로에게서 보르헤스가 아르헨티나를 대표하는 작가임에도 탱고를 좋아하지 않는다는 이야기를 들은 적이 있었다. 이 책에도 같은 이야기가 해설에 실려 있었다. 하지만 막상 내용을 읽어보니 와전된 듯하다. 어쩌면 '탱고의 신' 가르델을 비판하면서 한 이야기가 너무 확대되어 잘못 전해진 게 아니었을까 싶은 생각이다. 최고의 작가이자 현대문학의 거장인 호르헤 루이스 보르헤스는 가르델이 탱고를 유명하게 만드는 데는 성공했지만, 그 예술적 본질을 제대로 나타내지는 못했다고 평했다. 슬프거나 관능적인 묘사에 머물면서 원래 탱고가 가지고 있었던 좋은 면을 오히려 축소했다는 것이다. 가르델에 의해 축소된 다른 면은 바로 '용기'이다.

보르헤스는 탱고 이야기를 본격적으로 꺼내기 전에 아르헨티나의 개척과 독립 시대 이야기를 먼저 꺼낸다. 탱고에 초창기 아르헨티나 이민자의 삶과 역사가 깃들어 있음을 말하고 싶은 것이다.

보르헤스에 따르면 탱고는 도시의 불한당 혹은 건달인 '콤파드레'가 '못된 집casa de mala'이라고 불리던 유곽에서 남자들끼리 추던 춤이었다. 개척 시대 부에노스아이레스는 남자와 여자의 비율이 9 대 1이 될 정도로 성비가 맞지 않았기 때문이었다. 그들은 비록 도시 빈민가를 전전하던 건달들이었지만, 개척자들답게 '용기'를 최고의 덕목으로 생각하던 사람들이었다. 그래서 탱고는 생동감 있고 원시적이며 무모한 용기, 그러니까 아르헨티나의 정신을 담고 있었다.

"… 탱고는 씩씩하며 활발하며 행복한 춤이었습니다."

나는 이 구절을 읽고 나도 모르게 손뼉을 쳤다. 바로 이거다! '탱고' 하면 사람들이 관능이나 열정을 떠올리지만, 그게 전부는 아니다. 낯선 사람 앞에 나서는 모험심, 출신과 배경, 지위 등을 모두 내려놓는 한순간의 평등 같은 것도 탱고의 중요한 면이다. 나는 탱고에 들어있는 긍정적인 기운을 보르헤스의 한 문장에서 발견한 뒤 속이 시원한 기분이 들었다.

하지만 그 이후 탱고는 기운을 잃고 슬퍼지다가 결국 '춤추는 슬픈 사상'이라 불리는 지경이 되었는데 여기에 가르델이 기여했다는 게 보르헤스의 주장이었다.

초기의 탱고는 아르헨티나의 전통적인 방식으로 잔인하거나 슬픈 가사 내용도 태연하고 무덤덤하게 표현하여 묘한 대조의 효과를 불러일으켰다고 한다. 하지만 가르델은 탱고의 가사를 극적으로 쓰면서 이별과 흐느끼는 목소리, 우울함을 부각시켰다. 그리고 그의 좋은 목소리와 외모가 탱고의 관능을 본의 아니게 부추겼을 것이다.

한 가지 재미있는 일화가 있다. 초창기 탱고의 주요 인물 유형은 건달, 부자집 망나니, 그리고 매춘부다. 건달은 빈민가 사람이고 망나니는 부잣집 사람이라 서로 크게 관련이 없다. 그런데 둘을 이어주는 것이 있었다. 그것이 바로 '용기에 대한 동경'이다. 낭만과 의

리를 아는 건달들이 부잣집 망나니 도련님들을 보고 깜짝 놀란다. 자기들은 싸울 때 칼을 휘두르는데 이 도련님들은 영국에서 최신 기예인 '권투'를 배워 맨주먹 싸움을 하는 것이다. 싸움에 맨주먹을 쓰다니, 이렇게 남자다울 수가! 그들은 감탄하며 이 도련님들을 '진정한 수컷'이라며 존경의 눈으로 바라보게 되었다. 이 얼마나 순진한 심성인가! 나는 이런 동심 같은 심성이 마음에 들었다. 마치 어렸을 적에 곧잘 했던 아이들의 허무맹랑한 대화 같다.

한 친구가 "우리 아빠는 군대에서 맨손으로 호랑이를 때려죽였대."라고 하면 다른 녀석이 "우리 집엔 빨간 다이아몬드와 1억짜리 금두꺼비가 있다!" 하고 허풍을 떤다. 그러면 옆에는 꼭 "우와, 짱이다. 너 정말 대단한 아이구나." 하고 바람을 잡는 아이들이 있다. 순진함과 허풍만으로도 세상을 다 가진 것 같고 감탄사와 경탄이 섞여 분위기가 달아오른다. 누가 들어도 말도 안 되는 거짓부렁이지만, 그저 그 순간을 즐겁게 간직하는 아이들. 그런 선망의 관계에서 탱고가 탄생했다.

그리고 이 탱고의 탄생 안에 여자들도 존재한다. 아마 모르는 여자들과 가까운 거리에서 춤을 춘다는 것 자체가 남자에게도 커다란 모험일 것이다. 허풍을 떨고 조금 더 잘난척하고 싶은 끼와 그것을 알지만 모른 척 받아주고 그들의 허풍을 귀여워해 주고, 혹은 그들의 애환에 같이 공감하고, 약간의 핀잔도 줘 가며 즐거움과 장난과 위로를 나눴을 것이다. 그런 마음들이 모여 새로운 에너지를 만든다. 이 에너지는 탱고를 추며 함께 순간의 모험을 경험할 수 있는 용기를 만들어 준다. 보르헤스가 말하는 용기의 탱고가 이런 것이 아니었을까. 보르헤스는 아르헨티나 작가 마르셀로 델 마소의 시 '탱고 삼부작'을 인용하는데 거기에 인상적인 구절이 있다.

"커플은 뜨겁고 용맹스러운 리듬에 맞춰 나아갔다."

보르헤스는 탱고를 사랑했다. '가르델이 맞느냐, 보르헤스기 맞느냐'며 편을 가를 문제도 아니다. 두 사람 모두 각자의 방식으로 탱고를 사랑한 것뿐이었다.

지금 탱고를 추는 나는 보르헤스가 말한 용기의 탱고와 가르델이 일깨운 공감의 탱고를 모두 경험한다. 어쩌면 제일 큰 수혜자는 바로 나다. 보르헤스, 가르델 두 사람의 열정이 고마운 순간이다.

극복의 탱고, 아스토르 피아졸라

우리나라에서 가장 많이 연주된 탱고곡은 바로 '리베르탱고'이다. 클래식 공연장이든 댄스 무대든, 심지어 코미디 프로에서도 연주되다 보니 '탱고' 하면 바로 떠오를 정도로 '리베르탱고'는 친숙한 탱고곡이 되었다. 간혹 무대에서 댄서들이 그 음악에 맞춰 탱고를 추길래 나도 연습하면 저 정도는 할 수 있지 않을까 생각했다. 그런데 어느 날 피아졸라Astor Piazzolla의 1921년 '리베르탱고' 원작을 음반으로 듣고는 당황했다. 음악의 중간 부분부터는 아예 춤을 출 수 없을 것 같았다. 뭔가 이상했다. 그런 뒤 다시 인터넷에서 '리베르탱고'에 맞춰 춘 탱고 영상을 찾아보니 시작 부분은 거의 같지만, 중간에 춤을 계속 이어갈 수 있게 원곡을 조금씩 편곡한 것이 대부분이었다. 유명한 '아디오스 노니노'도 그렇고 다른 피아졸라의 작품들도 그랬다. 들어보니 도저히 춤을 출 수 없을 만큼 복잡한 곡들이 많았다. 탱고를 위한 음악인데 춤을 출 수 없다니. 이처럼 훌륭한 음악에 춤을 추기 어렵다는 것이 무척 아쉬웠다.

아스토르 피아졸라는 어린 시절을 뉴욕에서 보내면서 피아노와 반도네온을 배웠다. 그는 바흐도 좋아해 클래식의 세계와도 친숙했다. '클래식과 탱고'라는 두 세계가 그의 주변에 늘 함께 있었다. 탱고를 사랑한 피아졸라의 아버지는 가르델을 그에게 소개해 주었고, 가르델은 피아졸라의 뛰어난 재능을 보고 함께 해외 공연을 갈 것을 제안한다. 피아졸라는 따라가고 싶었으나 부모님의 반대로 가지 못했는데, 바로 여기서 운명이 갈린다. 피아졸라가 동승하지 않은 비행기가 추락한 것이다.

당시 부에노스아이레스의 콜론 극장은 저명한 클래식 음악가들이 자주 찾아오는 명소였다. 반도네온 연주자 겸 탱고 음악 편곡자로 살아가던 피아졸라는 쇼팽의 대가인 아르투르 루빈스타인에게 자극을 받고 제대로 된 작곡법을 배우기로 마음먹는다. 아르헨티나 최고의 작곡가인 알베르토 지나스테라에게 작곡법을 배우던 그는 갈등한다. 자신의 뿌리에는 탱고 음악이 있지만, 그 세계는 라벨, 스트라빈스키 같은 대가들의 음악에 비하면 하찮게 여겨졌던 것이다. 공부를 하면 할수록 하층민의 세계에서 태어난 탱고가 부끄럽게 느껴졌다.

그런 그에게 유명한 스승 나디아 불랑제가 유명한 조언을 남긴다.

"탱고를 하는 피아졸라야말로 진짜 피아졸라다. 자기가 가진 것을 살려서 피아졸라답게 되어라!"

이 말에 자극을 받은 피아졸라는 비로소 자신이 가장 좋아하면서도 부끄러워했던 탱고와 정면으로 마주했다. 그렇게 자신의 뿌리를 인정하고 나자 새로운 세상이 열렸다. 피아졸라는 탱고를 연주회용 음악으로 발전시켰다. '탱고의 역사', '부에노스아이레스의 사계', '콤파드레' 마치 왈츠가 춤곡에서 벗어나 피아노곡과 오케스트라 곡이 되었던 것처럼, 그렇게 탱고에도 새로운 세계가 열렸다.

내가 부리는 고집이 어디서 왔는지를 잘 따라가 보면 반드시 만나는 감정이 있다. 부끄러움과 수치심이다. 이 감정을 대면하는 것은 정말 어려운 일이다. 그 순간은 내 존재가 너무 작아져서 어디론가 숨고 싶기 때문이다. 하지만 그 부끄러움을 넘어서면 내 아집을 하나 내려놓게 된다. 피아졸라의 탱고 음악을 들으며 생각한다. 더 아름다운 것을 만들어 내려는 애절함, 자기 뿌리를 기억하는 그 솔직함이 결국 자유롭고 홀가분한 마음을 선사한 것이다.

관계의 탱고, 반도네온

대학교 2학년 때, '포에버 탱고'라는 공연 광고를 보았다. 광고 포스터가 인상적이었다. 빨간 배경 안에 짙은 화장을 한 무용수가 한쪽 다리를 뒤쪽으로 길게 뻗은 채 포즈를 취하고 있다. 그 뒤로 부채꼴로 휘어져 있는 커다란 주름상자. 그 악기가 반도네온이다. 얼핏 보면 아코디언과 비슷하게 생겼지만, 자세히 보면 차이점을 바로 알 수 있다. 아코디언은 건반이 있고 반도네온은 건반 대신 동그란 버튼 같은 키들이 있다.

반도네온은 독일에서 발명되었다. 농촌 지역에서 예배를 드릴 때 찬송가를 연주하기 위해 만들어진 악기이다. 보통 독일 대부분의 교회와 성당에는 커다란 오르간이 설치되어 있다. 하지만 오르간을 설치할 수 없는 환경일 경우 보다 간편하게 연주할 수 있는 반도네온을 보급했다. 휴대가 간편하다는 이점 때문에 반도네온은 여행자들의 악기가 되기도 했다. 말하자면 '휴대용 오르간'이었던 셈이다.

1890년대 즈음, '아르헨티나 드림'을 꿈꾸며 독일에서 배를 타고 온 이민자들이 반도네온을 가져왔다. 고향을 떠나온 사람들의 마음은 어떠했을까. 잘 살고 싶었을 것이다. 그러니 그 먼 아르헨티나까지 꿈을 좇아왔을 것이다. 그런데 그들의 꿈은 이루어졌을까. 아니면 여전히 가난에서 벗어나지 못하고 평생 일만 하다 타국에서 생을 마감했을까. 좀처럼 여유를 가질 수 없는 좌절의 순간, 그들은 그 쓸쓸하고 외로운 마음을 어떻게 달랬을까.

　　남편과 함께 뮌헨으로 떠날 때 가져갔던 것이 있다. 고2 때부터 베고 잤던 거위 털 베개와 엄마 친구분이 돌잔치 선물로 사주신 코가 닳은 하얀 곰 인형이었다. 잠자리가 바뀌면 잠을 못 자는 나로서는 그래도 그 베개가 있으면 어디든 잘 수 있을 거 같았고, 코가 닳은 하얀 곰 인형이 있으면 어렸을 때 받은 사랑이 떠올라 막연한 두려움을 버틸 수 있을 거 같았다. 낡고 쓸모없어 보이는 그 두 가지 물건을 나는 애지중지 포장해서 뮌헨으로 가져갔다.

　　독일에서 아르헨티나로 건너가는 사람들에게 반도네온도 그런 물건이었을 것이다. 먹고살기 바쁜 그들에게 반도네온이 굳이 필요하지는 않았을 테지만 그나마 이 악기라도 있어서 두려움과 어려운 삶을 버텨낼 수 있지 않았을까. 반도네온을 고향 삼아 품에 안고 많은 노래를 불렀던 게 아닐까. 그 이민자들의 첫 항해를 생각하면 반도네온 소리가 더 애절하게 느껴진다.

　　반도네온으로 연주하는 탱고 음악을 처음 들었을 때 그 인상이 너무 강렬해서 잊을 수가 없었다. 여행자의 악기 반도네온은 낯선 사람들이 만나 외로움을 달래는 탱고와 잘 맞아떨어졌다. 아르헨티나 이주민들은 방랑자였고 낯선 곳에서 살아가는 이방인이었던 것이다.

하지만 편안한 음색을 들려주는 것과 달리 반도네온은 까탈스러운 악기이다. 오죽하면 피아졸라가 '악마의 악기'라는 별명으로 불렀을까. 보통 대부분의 악기는 도-레-미-파-솔-라-시-도의 음계가 순차적으로 배열되어 있다. 그렇지만 반도네온은 불규칙적이다. 도-솔-라-파-레-시-미, 이런 식이라고 생각하면 된다. 처음부터 완벽하게 키의 위치가 정해진 게 아니라, 시간이 지나면서 기존에 있던 키에 하나씩 키가 추가되다 보니 배열이 불규칙한 지금의 모습이 되었다고 한다. 마치 도시 계획 없이 자연발생적으로 생겨 난 동네에 구불구불한 골목과 미로, 버려진 공터 같은 게 많은 것처럼. 반도네온은 그래서 연주법을 익히는 것 자체가 매우 어렵다.

주름상자인 '푸에제'를 조절할 때도 힘을 빼야 해서 주의가 필요하다. 주름상자 '푸에제'로 완벽히 균등하게 통제하는 것은 거의 불가능하다. 오르간처럼 기계 장치로 하는 게 아니라 사람의 손이 그때그때 조절하기 때문이다.

이처럼 반도네온은 연주하기에 단점이 많은 악기이자 손이 많이 가는 까다로운 악기다. 하지만 단점이 때로는 장점으로 승화되기도 한다. 불규칙한 배열, 불안정한 주름상자 때문에 반도네온은 오히려 변화무쌍하다. 균일한 소리 대신 맑거나 찌그러지거나 바람 소리가 섞이거나 앙칼지게 끊어지거나 하는 예상치 못한 느낌을 전달한다. 그래서 반도네온의 소리는 고정적인 독일어보다 변화무쌍하게 흘러가는 스페인어의 느낌과 더 잘 맞았던 게 아닐까.

반도네온 소리는 늘 이동 중이다. 바람이 지나가고 소리가 지나간다. 언제나 지나가는 중에 소리가 나는데 그게 늘 방랑하는 춤, 탱고와 유독 잘 맞는다. 그 소리는 이민자의 정서, 외로움의 정서를 말해 준다. 어떻게 이렇게 딱 떨어지는 짝을 만날 수 있을까, 싶을 정도로. 이렇게 반도네온과 탱고는 이제 떼려야 뗄 수 없는 단짝이 되었다.

Chapter

4

탱고와 함께 모험을

탱고도 몰랐던 탱고의 변신

　탱고를 더욱더 진지하게 알고 싶어서 이런저런 책을 들춰볼 때마다 공통적으로 나오는 내용이 몇 가지 있다. 우리나라 사람들이 아메리칸 드림을 추종했던 것처럼 유럽 사람들도 아르헨티나 드림을 가지고 남미까지 왔다는 것이다. 그리고 그 이민자들과 아르헨티나의 하층민들 사이에서 탱고가 발생했다는 것이다. 그래서 초창기 탱고는 멸시와 천대를 받았다. 그런데 탱고가 유럽의 문화 중심지인 파리로 흘러 들어가면서 변화가 생겼다. 놀랍게도 파리에서는 탱고가 상류층의 문화로 자리 잡았는데, 이는 탱고 스스로도 이해할 수 없는 '탱고의 변신'이었다.

　당시 파리의 살롱들은 탱고의 열병을 앓았다. 그리고 이 열병은 곧 전 유럽으로 번져 나갔다. 이때의 탱고는 탱고 본연의 매력에다 파리의 세련된 매너와 살롱 문화를 겸비하여 새로운 모습이 되었다. 바로 이 탱고가 다시 아르헨티나로 역수입된 것이다. 한마디로 '금의환향'이다. 구박해서 내쫓은 못난이가 보란 듯이 성공해서 멋지게 돌아온 것이다.

흔한 말로 '고진감래'라고 할 만한 이야기지만 내 마음에는 큰 울림이 있었다. 피아졸라의 이야기처럼 하층민이 추었다는 이유로 탱고의 본질까지 저급하다고 여기는 것은 잘못된 사고였다.

끝까지 본질을 지키려는 고집스러운 사랑으로 외려 나라 밖의 사람들이 가치를 알아주는 경우가 있다. '김치'가 그렇다. 남편이 유학생인 시절만 해도 김치를 먹고 외출하는 것이 힘들었다. 하지만 지금은 오히려 독일 사람들이 건강에 좋고 비타민을 폭탄처럼 공급해 준다며 나름대로 연구해서 김치를 만들어 팔고 있다.

탱고도 그랬다. 탱고의 가치를 알아본 유럽 사람들은 그들 나름대로 탱고에 기여했다. 전통을 만들고 지켜나가는 것을 중시하는 그들은 탱고를 살롱 안으로 들여놓고 이를 예의를 갖춘 매너 있는 사교춤으로 변화시켰다. 또 편견 없이 탱고를 예술로 다루기 시작했다. 파리에 탱고가 유행한 시기는 '벨 에포크 시대'다. 유럽에 전쟁이 없었던 이 시기, 탱고뿐 아니라 클래식 음악, 문학, 미술, 발레, 영화 등 모든 분야가 살롱을 중심에 두고 활발하게 교류하며 다양하게 꽃피고 있었다. 스트라빈스키, 에릭 사티, 미요, 풀랑크, 알베니스 같은 많은 클래식 작곡가가 기꺼이 탱고 음악을 작곡한 것만 보아도 유럽이 탱고를 얼마나 높이 평가했는지 알 수 있다.

나는 점점 유럽 탱고에 관심이 가기 시작했다. 그러다가 나도 몰랐던 우연한 계기가 나의 탱고 인생 안으로 찾아왔다. 로베르토 에레라를 알게 된 것이 그 시작이었다.

166

최고의 탱고, 로베르토 에레라

내가 '로베르토 에레라Roberto Herrera'를 처음 접한 건 유튜브를 통해서였다. 아마 탱고를 배운 지 1년이 조금 지난 뒤였던 것 같다. 탱고에 대해 잘 모르던 때라 이것저것 검색하며 닥치는 대로 영상을 보던 시절이었다. 그러다 '울음El lloron'이라는 제목의 동영상을 보게 되었는데, 나는 그 자리에서 넋을 잃었다. 자연스러움, 폭발적인 에너지, 멋스럽고 안정된 동작, 시선을 끄는 카리스마, 무엇보다 여유를 잃지 않는 흥까지. 신세계가 열리는 느낌이었다. 어떻게 탱고를 이렇게 출 수 있지? 나는 충격에서 벗어나지 못하고 한 시간 내내 같은 영상을 반복해서 보았다. 그에게 후광이 비추는 것 같았다.

그가 춘 탱고는 내가 배우는 살롱 탱고Salon Tango가 아닌 에세나리오 탱고Escenario Tango, 곧 '쇼 탱고'였다. 평소 쇼 탱고가 좀 작위적이라고 생각했었는데 로베르토 에레라의 쇼 탱고는 완전히 달랐다. 물론 사전에 계획된 안무로 춤을 추기는 하지만, 에레라는 그

[로베르토 에레라&아니 안드레아니]
_사진제공: 에레라 탱고 아카데미

안무 위에서 노니는 것 같았다. 상대와 약속대로 움직이지만, 모든 동작은 물 흐르듯 자연스러웠고, 음악과도 일치를 이루고 있었다. 에세나리오 탱고에 대한 나의 선입견이 깨지는 순간이었다.

그 뒤로 로베르토 에레라의 영상을 계속 찾아보았다. 살아가면서 편견을 깨는 사람을 만나기란 쉽지 않은 법이다. 로베르토 에레라의 정보, 활동 소식을 인터넷으로 틈틈이 찾아보고 국내에 출간된 책에 실린 그의 인터뷰를 읽기도 했다. 아르헨티나에 간 탱고 선생님들이 로베르토 에레라의 수업에 참여했다는 이야기도 들었다. 보통 탱고의 대가를 '마에스트로'라고 부르는데, 에레라를 부를 때만큼은 꼭 앞에 '그란'을 붙인다는 것도 알게 되었다.

로베르트 에레라는 아홉 살 때부터 아르헨티나 국립 민속 발레단의 첫 무용수로 활약할 만큼 천재적인 춤꾼이었다. 또한, 유명한 작곡가 오스발도 뿌글리에세의 악단 소속으로 활동한 이력도 있었다. 1997년에는 영화 〈에비타〉에서 안무를 맡기도 했고, 2000년에는 브로드웨이의 거슈인 극장에서 〈탱고 아르헨티노〉쇼에 출연했으며, 2002년에는 한일 월드컵 기념행사에도 초청받아 서울에서 '오늘의 탱고 쇼'를 선보였다. 2003년부터는 아르헨티나가 인정하는 세계 탱고 선수권 대회의 공식 심사위원을 맡고 있다. 더 말할 필요도 없다. 그 밖에도 여러 화려한 이력이 줄지어 있었지만, 그걸 한 문장으로 정리하기는 어렵지 않았다. 그저 이 한마디면 됐다.

"아, 세상에서 탱고를 제일 잘 추는 사람이구나."

나는 그가 인스타그램에서 활동하는 것을 알고 그의 계정을 팔로우해서 소식을 구독했다. 아르헨티나보다 유럽 사진이 더 자주 올라오는 걸 보면서, '역시 인기 있는 탱고 선생님들은 유럽에 거점을 두고 움직인다더니 정말이네'라는 생각이 들었다. 그러다가 어느 날, 로베르토 에레라가 뮌헨에서 레슨을 한다는 게시물이 눈에 띄었다.

부에노스아이레스에 있다고 생각했던 로베르토 에레라가 뮌헨에서 레슨을 한다고? 파리도 아니고 베를린도 아니고 내가 살았던 뮌헨이라니! 관심 분야의 세계 최고를 접할 수 있는 기회가 온 것 같아 나는 도저히 가만히 있을 수가 없었다. 고심 끝에 그에게 메시지를 보냈다.

'당신에게 수업을 듣고 싶은데 가도 될까? 나는 한국 사람이고, 영어, 독일어를 조금 할 줄 알아. 수업 시간에 혹시 파파고나 구글 번역기를 써도 괜찮을까?'

들뜬 마음이 잔뜩 묻어나는 질문을 보내고 보니 어디서 그런 용기가 났는지 나 자신도 놀라웠다. 평소의 나라면 못할 행동을 거침없이 했다. 내 안에 '탱고 승은'이라는 새로운 자아가 생긴 것 같았다. 그런데 놀랍게도 그에게서 답장이 왔다.

'당연히 모든 게 가능하다. 근데 번역기는 없어도 될걸?'

그의 답에 자신만만함이 느껴져서 좋았다. 뭔가에 홀린 듯 남편과 의논을 했다. 참 많은 눈물을 남겼던 도시, 나의 첫 아이와 만나고 헤어졌던 도시 '뮌헨'이라는 말에 남편은 흔쾌히 찬성했다. 이미 뮌헨에 한 번 다녀온 남편은 자신도 그 이후 자신과 화해하는 시간을 가질 수 있었다고 말했다. 사랑하는 탱고와 함께 뮌헨에서 지내고 오면 힘들었던 과거의 나와 화해의 악수를 하고 올 수 있을 거라고 이야기했다. 그런데 아무리 남편이 동의해 준다 해도 2주간 아이들은 어쩌나…, 하는 생각이 들었다. 그런데 남편이 의외의 말을 건넨다.

"애들한테 엄마 2주 동안 없으니 먹고 싶은 라면 열네 개 골라보라고 하니까 엄청 좋아하던 걸?"

아닌 게 아니라 아이들은 벌써 미역국 라면, 불닭볶음면, 스파게티면 등등을 골라 놓고 신나 하고 있었다.

"아빠, 신라면 레드 스코빌 지수는 몇이예요? 이번에 도전해 볼래요!"
"난 매운 거 싫어. 진라면 순한맛 먹을래."

라면 이야기에 흥이 오른 아이들, 순간 라면보다 내가 아래인가 하는 생각이 들어 잠시 서운했지만, 탱고를 사랑하는 엄마의 의견을 존중하는 아이들의 마음이 무척 고마웠다.

그래, 셋서 한번 잘 지내봐라. 나는 우리 가족 모두를 그리고 나의 탱고를 믿어 보기로 했다.

내가 뮌헨을 방문하기로 한 시기에 마침 2021년 세계 탱고 대회 우승자인 바바라 페레이라Barbara Ferreyra & 아우구스틴 아그네스Agustin Agnez 커플도 뮌헨에서 워크숍을 열 예정이었다. 알고 보니 그들도 로베르토 에레라의 제자였다. 기대감이 차올랐다. 전통 민속 춤부터 현대 탱고까지 모두 섭렵한 대가의 노하우와 최근 우승자의 젊은 열기를 동시에 경험할 수 있을 테니 말이다!

홍분에 휩싸여 비행기표를 끊고, 워크숍과 수업을 예약하고 나니 덜컥 겁이 났다. 과연 잘한 일일까. 대가에게 레슨을 받는다고 탱고가 엄청나게 늘 거라는 보장도 없는데. 하지만 내 분야의 최고를 만나보면 새로운 시각이 하나라도 더 생기지 않을까. 아니, 생길 거야. 생겨야만 해. 나는 설렘으로 두려움을 꾹꾹 누르고 떠날 날을 기다렸다.

원정 1년 차, 탱고의 거장을 만나다

드디어 뮌헨으로 출발하는 날이 왔다. 12년 만이었다. 식구들의 배웅을 받고, 탱고 선생님께 통화로 간단히 안부를 전한 뒤 비행기에 올랐다. 탱고 슈즈는 차마 짐칸으로 넣을 수가 없어서 두 켤레를 고이고이 끌어안고 기내로 가져갔다. 이유는 알 수 없었지만 가는 내내 눈물이 났다. 뮌헨, 다시는 가고 싶지 않은 곳이었다. 마치 이혼한 전남편을 만나러 가는 기분이었다. 다행히 뮌헨에서는 지인들이 몇 있어서 수업 일정에 맞게 숙소를 구할 수 있었다.

수업 첫날. 지하철 공사로 우왕좌왕했지만 어쨌든 우버를 이용해서 늦지 않게 로베르토와 아니의 스튜디오에 도착할 수 있었다. 뮌헨 남쪽에 위치한 그들의 스튜디오는 매우 한적하고 깨끗했다. 8층으로 올라가 벨을 누르자 로베르토가 문을 열어주었다. 갈색 정장에 굵직한 곱슬머리, 서글서글한 얼굴, 남미 특유의 에너지와 기세, 그 에너지를 잘 다듬어 쓸 줄 아는 절제가 느껴졌다. 아, 영상에서만 보던 대가가 내 앞에 실제로 있다니!

우리는 간단히 인사를 나누자마자 바로 춤을 추었다. 탱고 두 곡, 발스(4분의 3박자 탱고) 한 곡과 밀롱가(4분의 2박자의 빠른 탱고) 총 네 곡을 추었다. 그것은 서로를 알기 위해 추는 춤이면서 환영의 인사이기도 했다. 놀라운 건 로베르토 에레라와 네 곡을 추는 동안 내가 단 한 번도 실수를 하지 않았다는 것이다. 탱고를 추기 시작한 지 이제 만 2년인 데다, 아직 누구와 춰도 편안하게 맞출 만큼의 실력이 안 되는 내가 이렇게 깔끔하게 춤을 추다니! 출수록 긴장이 풀어지는 게 느껴졌다. 마치 춤 속으로 빨려 들어가는 느낌이었다. 어떻게 이럴 수가 있을까! 지금까지 단 한 번도 느끼지 못했던 감정이었다. 그리고 놀라운 건 로베르토 역시 무척 즐거워하면서 탱고를 춘다는 것이었다. 가장 뛰어난 땅게라들과 최고의 무대를 수도 없이 경험했을 텐데도 그는 여전히 탱고의 기쁨을 싱싱하게 느끼고 있었다. 이런 좋은 기운을 내뿜고 상대를 안심시켜 주며 탱고를 춘다는 건 결국 에레라만의 자신감이 있기 때문이었다.

함께 춤을 추고 나서야 제대로 내 소개를 하고 한국에서 가져온 하회탈과 각시탈 액자를 선물했다. 한국에서 탈춤을 출 때 쓰는 탈 중에 하나라고 하니 역시 춤을 사랑하는 대가답게 로베르토와 아니는 무척 좋아하면서 스튜디오를 연 뒤 처음으로 받는 선물이라고 말해 주었다.

아니는 로베르토의 제자이자 파트너, 그리고 그의 아내였다. 사려 깊고 친절한 미소를 머금었다. 스튜디오가 밝은 기운으로 가득

한 것은 분명 그녀 덕이다. 아직 오픈한 지 얼마 안 되었지만, 학원 운영을 살뜰히 잘해간다는 인상을 받았다. 알고 보니 로베르토는 코로나로 인해 상황이 나빠지면서 아니의 고향인 뮌헨으로 거점을 옮겼다고 한다. 두 사람은 저 멀리 한국에서부터 레슨을 받겠다고 힘들게 찾아온 나를 무척 인상 깊게 보는 것 같았다.

수업을 듣는 내내 에레라는 나를 칭찬했다. '기초가 좋다. 아브라소가 매우 좋다. 팔로우가 매우 좋다. 그리고 탱고를 배우는 태도가 정말 좋다.' 물론 디테일에 대한 지적도 있었다. '발 모양은 좀 더 연습이 필요하다. 아직은 긴장을 많이 하고 중심도 조금 흔들린다. 하지만 괜찮다. 연습하면 된다.' 그는 또한 음악성과 리듬감을 내 몸에 심어 주고 싶어 했다. 그건 탱고를 출 때 큰 그림에 해당했다. 둘이 각자 추어야 하지만 함께 추는 느낌이 나도록 해야 한다고 강조했다.

로베르토 에레라는 기운이 남달랐다. 평상복을 입고 아브라소를 했는데도 내 팔이 좀처럼 미끄러지지 않고 그의 몸에 잘 붙어 있었다. 그것은 마치 그의 살에 뭔가 점성 같은 게 있어서 내 몸을 단단히 붙잡고 있는 것 같았다. 또 특이했던 것은 한 사람 안에 젊은 남자의 장점과 나이 든 남자의 장점이 동시에 존재한다는 점이었다. 탱고는 젊은 사람과 추면 그 에너지와 열기가 느껴지는 대신 몸짓이 좀 거칠다. 반면, 나이 든 사람과 추면 에너지가 크진 않지만, 몸이 좀 부드러운 편이다. 그런데 로베르토 에레라는 에너지가 넘치는 데도 부드럽고 침착했다. 그저 온몸이 춤을 머금고 있었다. 그래서 그와 탱고를 추고 나면 마치 보약을 한 제를 먹은 것처럼 내 몸의 기운이 상승하는 것 같았다. 이래서 세계 최고의 거장인가 싶었다.

한편 아니는 티칭이 정말 좋았다. 당연한 이야기이지만 남편인 에레라에 비해 본인의 실력이 부족하다고 생각해 탱고에 대해 여러 방면으로 고민하고 있다는 걸 알 수 있었다. 에레라가 천재적인 사람이라면 그는 성실하게 애쓰는 사람이었다. 덕분에 내가 잘 안되는 부분을 같이 의논할 때 정말 좋은 선생님이 되어 주었다. 아니는 세부적인 기술보다는 내가 전체적으로 어떤 방향으로 발전해야 하는지를 이야기해 주었다. 특히 좀 더 자신만의 스타일을 갖추면 좋겠다고 조언해 주기도 했다.

집으로 돌아와 수업 시간에 찍은 영상을 확인했다. 내가 어떻게 움직이든, 어디를 향하든 간에 에레라의 반경 안에 있었다. 그는 내 동작을 모두 커버했다. 뛰어봐야 마에스트로의 손바닥이었던 것이다. 게다가 그가 미세하게 내 중심까지 잡아주고 있는 것도 보였다. 그가 함께 춤을 출 때 했던 말이 생각났다.

"너도 나를 팔로우하지만 나도 너를 팔로우하고 있어. 걱정 마."

마치 아주 오랫동안 알고 지내온 마음이 통하는 상대와 대화를

176

하는 기분이었다. 자신의 말만 하는 게 아니라 '나도 너의 말을 듣고 있어'라며 존중해 주는 것 같았다. 내 몸짓이 말하고 있는 걸 상대방이 몸짓으로 들어준다는 이 느낌은 정말 어디서 느껴보기 어려운 경험이었다. 그래서 편안하게 느끼고 별 실수 없이 춘 것 같은 기분이 들었다. 그의 탱고는 반경이 매우 넓어서 내가 혹시 어긋나는 동작을 해도 얼른 그것을 커버해 주었고, 나 또한 실수했다는 느낌조차 없이 여유로운 마음으로 탱고를 출 수 있었다. 내가 실수를 하지 않았다기보다는 대가의 넓은 품에 안겨서 실수를 해도 실수가 아닌 듯한 자연스러운 움직임을 경험한 것이다.

에레라는 매번 수업 시간을 훌쩍 넘기면서까지 하나라도 더 알려주려고 정성을 다했다. 내 몸에 탱고를 제대로 심어주고 싶어 하는 진심이 느껴졌다. 에레라와의 수업은 2주 내내 이처럼 감동적이었다.

① 브로큰 잉글리시의 위력

나는 바바라 페레이라 & 아우구스틴 아그네스 커플의 워크숍에
도 참석했다. 탱고 워크숍 자체가 처음인데다 외국이라는 낯선 환
경이다 보니 정신이 없었다. 독일에서도 뮌헨은 다소 보수적인 동
네라 외국인이 자리 잡기 어려운 곳이다. 외국인을 경계하는 분위
기가 있는 곳인데, 역시나 동양인 여자는 나밖에 없었다.

워크숍은 아니의 센스 있는 진행으로 무리 없이 흘러갔다. 피트
너가 없는 사람도 잘 챙겨주었고, 잘 알아듣지 못하는 내용도 꼼꼼
히 살펴주었다. 당시 나는 수잔나라는 이름의 마음씨 좋은 독일 여
자와 워크숍 파트너가 되었는데, 그녀는 내가 한국에서 탱고 수업
을 위해 왔다고 하니 놀랍다는 표정으로 이렇게 물었다.

"보통은 탱고를 배우러 아르헨티나에 가는데 넌 왜 뮌헨으로 왔
니?"
"아르헨티나는 너무 멀어서 가기가 힘들어. 그리고 나는 유럽 탱고
에 더 관심이 많아. 로베르토 에레라에게 수업을 들으러 왔다가 이
워크숍에도 오게 되었어."

나를 신기하게 보는 눈빛. 거기에 호기심과 호의가 담겨 있었다.
하긴, 나도 내가 여기 와 있는 게 신기했으니 다른 사람에게도 그렇
게 보였겠지. 우리는 어쨌든 통하지 않는 언어로 서로 손짓발짓해

가면서 수업을 들었다. 시간이 흐르자 경계가 풀리는 것을 느낄 수 있었다.

워크숍 수업은 생각보다 재미있었다. 그곳에서 나는 여자도 리드를 줄 수 있다는 것을 처음 알았다. 탱고의 최신 트렌드를 알 수 있는 시간이랄까. 탱고의 스텝이 시대에 따라 어떻게 변해 왔는지 배웠고, 최근에는 살롱 탱고에서도 좀 더 박자를 세게 넣는 경향이 있다는 것도 알았다. 또 이 넓고 넓은 탱고의 세계에서 내가 지금까지 배워 온 탱고는 어떤 스타일에 속하는지도 알 수 있었다. 한번은 탱고 대회 우승자인 아우구스틴이 리드를 해 주었는데, 세상에! 그의 몸은 이해하기 힘든 표현이지만 마치 탄성이 넘치는 돌덩이 같았다. 이러니 중심이 흔들리지 않고 파워풀한 탱고를 출 수 있었던 것이다. 그는 마지막 워크숍 때 나를 찾아와 이렇게 말했다.

"계속 지켜봤는데 너 처음보다 정말 많이 좋아졌어. 믿음이 가!"

워크숍이 끝나고 밀롱가 시간이 왔다. 독일인들의 탱고는 참 뻣뻣했지만 정성이 담겨 있었다. 그들의 탱고는 강직하고 투박하나 모든 것이 있는 그대로 다 보이는 그들의 언어 같았다. 그 어떤 누구와 추더라도 몸이 좀 삐그덕거리지만, 그래도 꼬라손으로 함께 춘다는 느낌은 매우 강했다. 춤에도 민족성이 베어 나온다는 것을 처음 알게 된 시간이었다. 그래서 나도 그 어느 때보다 정성껏 탱고를 췄다. 이들도 한국인의 탱고를 처음 겪어볼 테니까. 그런 내 마음이 전해졌는지, 자기를 10년 차 땅게로라 소개한 50대 초반의 남자가 나를 따라와서 꼭 해 주고 싶은 말이 있다고 했다. 진지한 이야기를 시작하기에 핸드폰을 꺼내 번역 어플을 열었다.

"내가 독어를 조금밖에 못 해. 중요한 이야기라면 여기다 적어줄래? 그러면 내가 더 이해하기 쉬울 거야."

그러자 그는 이렇게 적어주었다.

"Du tanzt sehr schön. Mit andern Frauen ging es nicht so gut."
"너 정말 예쁘게 춤을 추는구나. 다른 여자들하고 출 때 이만큼 좋았던 적이 없어."

'신비로운' 동양 여자라고 생각해서 그랬을까? 우리는 가볍게 포옹을 하고 헤어졌다. 그냥 가도 되는데 의사 소통이 어려운 나를 굳이 찾아와서 이 말을 해 주고 가는 것 역시 큰 감동이었다. 해외에 나와서까지 칭찬을 받다니, 날아갈 것 같았다. 탱고에 대한 자신감이 생겼다. '너무 눈치 보며 추지 않아도 되겠구나'라는 생각이 들었다.

자신을 요하네스라고 소개한 어느 60대 할아버지와도 탱고를 추었다. 20년 가까이 탱고를 쳤다는 요하네스 할아버지는 참 편안하고 수더분한 탱고를 선사했다. 궁금한 게 많았는지 계속해서 질문을 쏟아냈다.

"너 여기까지 어떻게 온 거야? 영어가 좋으니, 독일어가 좋으니? 탱고는 언제부터 배운 거야? 오늘 수업은 어땠어? 나는 이런 동작을 좀 더 해보고 싶은데 너는 어떠니?"
"잠깐만 요하네스! 내 영어는 브로큰 잉글리쉬에 독일어도 브로큰 도이취야. 다만 네가 천천히 말하고 쉬운 단어로 나에게 말해 주면 나는 이해할 수 있어. 미안해."
"아니야. 브로큰 잉글리시는 인터내셔널 랭귀지인 걸. 우리가 대화하기에 충분해. 미안하다고 말하지 마."

그 순간 눈이 번쩍 뜨였다. 맞다. 영어를 못한다고 미안해할 이유가 없지. 탱고를 배우고 탱고를 추러 왔으면 탱고만 잘하면 된다. 외국어를 잘 못해도 예의와 진심을 보이면 존중해 주는 것을 나는 이름 모를 땅게로와 요하네스 할아버지를 통해 배웠다. 아직도 그들을 잊을 수가 없다. 그리고 이날의 경험은 인생에 거대한 자신감을 선물하는 시간이었다. 아마 탱고가 아니면 절대로 할 수 없는 경험이었을 것이다.

아무리 그란 마에스트로와 탱고 챔피언에게 수업을 들었다지만, 이 짧은 시간에 실력이 얼마나 늘겠는가. 그보다는 내 탱고를 좋게 보아주는 사람을 만나서 자신감이 생겼다는 것이 큰 소득이었다.

전문적인 댄서나 오랜 경력자들에 비하면 나는 많이 부족하다. 아이를 낳아 틀어진 골반, 남들보다 부족한 근육, 현저히 모자란 연습량. 내가 가진 조건은 그리 호의적이지 않다. 다만 나의 강점은 '그럼에도 불구하고 탱고를 추고 싶어 한다'는 그 열의에 있었다.

잘하지 못해도 계속하고 싶어 하는 그 마음이 내 유일한 재능임을 확인하는 시간이었다. 그런데 그 하나뿐인 '재능'을 낯선 독일인들이 알아본 것이다. 탱고가 그렇게 국경을 넘을 수 있다는 것을 나는 온몸으로 체험했다.

② 불완전한 시간을 껴안다

뮌헨에서의 2주 동안 저녁에는 탱고로 나의 현재를 살고, 낮에는 시간 여행자처럼 나의 과거를 만나러 다녔다. 모든 것을 상실했다고 여겼던 시간, 그 장소를 다시 찾았다.

'탱고'라는 세계를 마음에 채우고 나서 보니 그곳은 내 기억 속 모습보다 훨씬 예쁘고 좋은 곳이었다.

'코놀리 슈트라세 9번지 J 15'. 단출한 주소만큼 기숙사도 소박했다. 1972년 뮌헨 올림픽의 선수촌이었던 곳을 학생 부부 기숙사로 활용한 곳이었다. 우리 건물 바로 옆에는 당시 올림픽에서 테러로 목숨을 잃은 이스라엘 선수들을 위한 추모비도 있었다.

1평 남짓한 부엌과 화장실. 전부 합쳐 10평이 안 되는 공간에서 3년을 살았다. 부직포 바닥 때문에 기관지염에 자주 걸렸고 응급실에 간 적도 있었다. 외풍이 너무 심해 파카와 등산용 바지를 입고 자도 추워서 눈물이 나오던 곳이었다.

그래도 문을 열면 올림픽 공원이 바로 앞에 펼쳐져 있었고 관광객들이 일부러 찾아오는 BMW 박물관과 BMW 월드도 있었지만, 그때는 화려한 관광지가 눈에 들어오지 않았다. 동네의 '아기자기한 아름다움'도 이제야 보이기 시작했다.

내가 살던 집에 꽃과 초콜릿을 사 들고 갔다. 그리고 편지를 써서 그 앞에 조용히 두고 왔다. 다 까먹은 독일어로 얼기설기 쓴 글이다.

"15년 전에 여기 살던 사람이다. 힘든 일이 있겠지만 나중에 모두 좋은 기억으로 남길 바란다."

그건 사실 15년 전 나에게 보내는 위로였다. 미래에 대한 두려움이 너무나 가득했던 그때의 나에게 말해 주고 싶었다. 그러고 보니 옆집에 살던 중국 학생, 크로아티아 학생, 러시아 가족들

[15년 전 살던 첫 뮌헨 집]

은 지금 어떻게 살고 있을까. 러시아 가족에게는 루카라는 아이가 있었는데, 그 아이가 아빠인 '마기'를 부르는 목소리가 지금도 기억에 생생하다. "마기? 마기?" 애교와 사랑이 가득한 목소리였다.

살다 보면 나쁜 상황이 극적으로 나아지지는 않는다. 하지만 사랑하는 일이 생기고 내 세계가 생기면 그 상황을 받아들이는 힘이 생긴다. 뮌헨에 다시 와서 내 과거와 만날 용기는 탱고가 없었다면 존재하지 않았을 것이다.

두 번째 집은 슐라이스하이머 가의 집으로, 내가 너무 사랑했던 집이다. 위치도 좋고 가격도 합리적이라 보러 온 사람이 100명도 넘었다는데 어떻게 가난한 유학생 부부인 우리가 계약할 수 있었는지 지금도 의아하다. 이런 일은 단 한 번도 없었다며 부동산업체의

주인도 신기해했다. 외국인이고 학생이어서 집을 얻기 위해 보증인을 세워야 했는데 조건이 되는 사람을 만나기가 어려워서 발을 동동거렸지만, 기적처럼 보증인이 구해져서 그곳에 들어갈 수 있었다.

2.5개의 방과 부직포가 없는 마룻바닥은 정말 천국 같았다. 엘리베이터가 없는 건물의 3층이었고 층간소음은 있었지만, -가끔 밤에 들리는 야한 소리 때문에 쪽지가 붙기도 했다. '혼자 사는 사람을 위해 제발 음량 조절을 해달라! 소리 없어도 되지 않느냐!'라는 울분에 찬 쪽지였다.- 해가 잘 들고 잔디가 넓은 공동마당도 너무 좋았다. 다만 그 기간 동안 나는 몸이 좋지 않았고, 병원 치료 때문에 한국에 가야 하는 상황이라 겨우 5개월 정도만 살았다. 하지만 그 집이 너무 좋아서 매일 쓸고 닦고 했던 터라 집 상태가 처음보다 더 좋아질 정도였다. 심지어 부동산 중개인은 뮌헨에서 집을 구할 일이 있으면 꼭 자기에게 연락해 달라고 이야기했다. 아, 그 시절은 아늑함을 바란다는 게 사치이고 안정감을 바란다는 게 죄스러웠다. 종종 고생하는 나를 보며 미안해하는 남편에게 이렇게 말하곤 했다.

"아마 뮌헨 유학생 중에 우리가 가장 돈 없는 거지일 거야. 그래도 난 좋아. 앞으로 1등을 못 하면 뒤에서라도 해 보자. 인생이 뭐 별거야. 어차피 살아있지 않으면 죽어 있는 건데."

그 시절 우리가 죽지 않고 살아있게끔 도와준 사람들이 있었다. 그때 나를 보살펴 주었던 사람들을 하나하나 찾아갔다. 자주 같이 장을 보고 함께 음식을 만들고 남은 것은 넉넉하게 싸 주었던 H 언니를 만났다. 한 달 전에 보낸 메일을 이제야 확인했다며 뮌헨을 떠나기 3일 전에 부랴부랴 연락이 왔다. 언니의 직장 근처 호텔 카페에서 우리는 재회했다.

"언니, 먹고 싶은 거 마음껏 시키세요. 언니한테 늘 고마웠는데 그때 내가 너무 경황이 없어서 제대로 마음 표현도 하지 못했어요. 언니한테 꼭 한번 맛있는 걸 사주고 싶었어요."

옛날에 고생하던 기억에 당연히 자기가 사줘야지, 하고 나왔던 H 언니는 잠시 놀라는 것 같았다. 정말 얻어먹어도 되냐고 재차 확인했다. 그리고 이내 내가 뮌헨에 어떻게 오게 되었는지 자초지종을 듣고 무척 기뻐했다. 그저 기분 전환으로 온 것도 아니고, 내 세계를 가꾸기 위해 이곳에 왔다는 것을 그 누구보다 반가워했다. 탱고 때문에 뮌헨에 오다니! "정말 잘 왔어, 정말 잘 왔어!" 그 말이 연거푸 쏟아졌다. 알고 보니 H 언니는 춤을 좋아하는 사람이었다.

자신들의 형편도 넉넉하지 않으면서 언제나 남을 챙겨주려고 마음을 썼던 S 오빠와 B 언니 부부. 그들은 그동안 고생 끝에 집도 마련하고 힘들던 타지생활을 알뜰히 꾸려가고 있었다. 무엇보다 그때 어렸던 아이들이 예쁘게 성장한 모습을 보며 나 역시 위로를 얻었다.

뮌헨 국립 오페라의 합창단원인 J 언니에게서도 연락이 왔다. 그 때 자신도 삶이 버거워서 내게 마음을 써 주지 못한 게 너무 미안했다며 오랜 마음의 이야기를 풀어놓았다.

우리는 뮌헨 국립 오페라 극장 안의 라운지에 앉아 독일의 진한 커피와 달달한 디저트를 먹었다. 헤어질 때 J 언니는 힘들게 온 만큼 멋진 공연이라도 하나 보여주고 싶다며 클래식 공연 티켓을 손에 쥐여 주었다. 여전히 건강하고 활기찬 매력을 마음껏 뽐내며 행복해하는 언니를 보니 나 역시 마음이 흡족했다. 10년이 넘게 보지 못했지만 마치 어제 본 사람 마냥 이야기를 나눌 수 있어서 좋았다. 누군가를 챙긴다는 건 사실 번거로움을 무릅쓰는 일이다. 그 수고를 마다하지 않고 시간과 마음을 내준 언니가 무척 고마웠다. 멈춰 버린 것 같았던 옛 인연들은 그렇게 지금의 관계로 되살아났다.

우리가 독일을 떠날 때 가장 안타까워하신 분이 있다. 살뜰히 챙겨주시고 가끔 용돈도 주셨던 N 목사님과 J 사모님이었다. 목사님은 여전히 강직하셨고, 사모님은 여전히 사랑스러우셨다. 서로 힘에 부쳤던 저 옛날의 시간들, 도움을 주지 못하고 흘려보냈던 그 아쉬움을 따뜻한 음식과 마음으로 표현할 수 있어서 감사했다.

오랜 이웃처럼 우리는 서로를 환대했다. 그리고 그 환대는 서로의 삶을 자랑스럽게 만들었다. 삶이란 이렇게 누군가의 도움으로 혼자가 되어가는 과정이다.

원정 2년 차

① 두 번째 발걸음

한 번은 어떻게든 갈 수 있지. 그런데 또 갈 수 있을까. 유럽 여행을 간 사람들이 에펠탑이든 콜로세움이든 관광 명소를 배경으로 열심히 사진을 찍는 이유는 다시 오기 어렵다고 생각하기 때문이다. 나 역시 그랬다. 하지만 우려했던 것들이 말끔히 해결되니 '다시 한 번 더?'라는 욕심이 스멀스멀 올라왔다. 먼저, 걱정했던 아이들은 나 없이도 즐겁게 잘 지낸 것 같았다. 세상이 좋아져서 중간중간 스마트폰 영상 통화를 하고, 내가 어떻게 지내는지 현지의 모습을 보여주니 덜 그리워한 거 같기도 했다. 다행히 골라 놓은 열네 종류의 라면을 매일매일 먹지는 않은 것 같았다. 친정엄마가 손주들과 사위가 먹을 반찬을 한 아름 싸 들고 들르셨기 때문이다. 누가 보면 춤바람이 나서 해외 원정까지 다니냐 할 텐데 가족들은 내가 비운 자리를 야무지게 채워주고 있었다.

다시 해가 바뀌었다. 작년 이맘때 뮌헨행 비행기표를 끊었었지... 가슴이 콩닥콩닥 뛰었다. 한 번 가면 이벤트지만 두 번 가고 세 번 가면 관계가 생긴다. 에레라와 아니와도 그런 관계까지 가고 싶었다. 계속 열심히 탱고를 쳤지만 갈증이 채워지지 않았다. 여전히 해결하고 싶은 것이 남았던 차에 남편에게 조심스레 말했다.

"나 뮌헨 또 갔다 와도 돼?"
"응? 당연히 또 가는 거 아니었어? 이왕 갔으니 세 번까지는 가야지. 그래야 에레라도 널 기억할 거 아냐?"

세상에, 이렇게 배려 넘칠 수가! 남편 말로는 나를 뮌헨으로 보내고 나서 자신의 친구와 지인들 사이에서 자기가 '공공의 적'이 되었다고 한다. 그 기분이 나쁘지 않았다고 하니 참으로 자상한 남편이다.

그렇게 다시 뮌헨행 비행기표를 끊었다. 한 번 해 본 일이라 괜찮을 줄 알았는데 더 떨리고 무서웠다. 첫 번째는 뭣 모르고 얼떨결에 질렀다면 이번에는 똑똑히 알고 선택하는 것이라 모종의 책임감마저 느껴졌다. 떠나기 전날 엄마에게 전화가 왔다.

"승은아. 너 정말 잘 커줘서 고마워. 엄마가 해 준 것도 없고 옛날부터 고생도 많이 했는데 그래도 불평하지 않고 정말 잘 살아줘서 고마워. 열심히 일도 하고, 원하는 거 배우러 해외에도 나가고. 너 정말 멋진 것 같아. 네가 자랑스러워."

엄마의 예상치 못한 전화에 마음이 뭉클해졌다. 착한 딸이 아니라 멋진 딸이라는 엄마의 말 한마디에 오래전의 수고가 씻겨 내려가는 것 같았다.

② 거장이 말하는 나의 탱고

로베르토와 아니는 작년보다 더 환한 미소로 나를 반겨주었다. 우리는 조금 더 길게 포옹을 나누었다. 그 포옹에 환영하는 마음, 고마운 마음이 잔뜩 묻어났다. 참 신기했다. 언어가 부족해도, 간단한 몸짓만으로도 이렇게 깊은 마음을 주고받을 수 있다니.

1년 사이에 로베르토와 아니에게도 좋은 일이 있었다. 뮌헨의 명소인 프린츠레겐텐 극장에서 매해 '엘 땅고'라는 탱고 쇼를 올리게 되었다는 이야기를 들었다.

"네가 이 탱고 쇼를 볼 수 있었다면 참 좋았을 텐데. 이번에는 시기가 맞지 않았지만, 다음에는 기회가 있을 거야. 내년일 수도 있어."

아니의 목소리에서 많은 아쉬움이 느껴졌다. 스튜디오도 안정적으로 자리를 잡은 것 같았다. 문득 저들이 성장한 만큼 나도 성장을 했을까, 하는 생각이 들었다.

지난해 수업에서 대가의 탱고란 어떤 것인지를 겪어 보았다면 올해 수업에서는 그 대가가 말하는 나의 탱고 이야기를 들었다. 작년에 에레라가 내게 가장 많이 해 준 말은 "굿", "베리 굿"이었다. 내가 정말 잘 춰서가 아니라 칭찬과 너그러움으로 어설픔을 덮어준 것이었다. 그런데 이번에는 '나인 Nein('아니'라는 뜻의 독일어)'이라는 말이 나오기 시작했다. 실력이 분명 더 늘어서 갔음에도 어김없이 여기저기 '나인'이 파고들었다. 사실 나는 그 '나인'이라는 말이 제일 기뻤다.

'천재한테 수업을 듣지 마라'라는 말이 있다. 그만큼 재능이 뛰어난 사람은 재능이 부족한 사람의 어려움과 노력을 이해하지 못한다는 뜻이다. 로베르토의 수업을 들으며 그 말이 틀렸다고 생각했다. 그 천재가 순수한 사랑을 품고 있다면 이야기는 달라진다. 로베르토의 수업은 천재만이 보여줄 수 있는 퀄리티와 변함없는 사랑에서 나오는 세심함을 동시에 갖추고 있었다. 지난해와는 또 다른 배움이 이어졌다.

로베르토와 나는 해결이 잘 안되는 동작에 관해 의논했다. 스텝이 너무 급한 것이 고민이라고 토로했는데, 로베르토는 이렇게 대답했다.

[그란 마에스트로 로베르토 에레라]
_사진제공: 에레라 탱고 아카데미

"너는 음악을 잘 들으며 춤을 추는 편이라 리듬을 못 맞춰서 빨라지는 건 아니야. 긴장할 때 주로 빨라지는데 그때 네 목은 뻣뻣해져".

그러면서 그는 내 목과 얼굴을 하나하나 짚으면서 자신의 얼굴에 맞춰 여기저기 대 보더니, 눈 근처에 파트너의 얼굴을 대면 목의 긴장이 자연스럽게 풀어질 테니 참고하라고 조언해 주었다.

또한 수업 때 유독 못 잡는 박자가 있었다. 같은 동작을 30번이나 계속하는데도 그랬다. 내가 미안해하자 로베르토는 괜찮다며 박자를 알아채는 타이밍을 내가 몸으로 익힐 수 있도록 도와주었다. 또 내가 자꾸 발이 안쪽으로 말린다고 말하자, 그는 씩 웃으면서 이렇게 대답했다.

"승은, 그건 괜찮아. 내가 얼마나 많은 사람을 가르쳐 봤겠어. 그들에게 가장 많이 나타나는 게 네가 겪고 있는 바로 그거야. 근데 그건 네가 아직 힘이 없어서 그래. 그 문제는 연습을 꾸준히 하면 반드시 나아져. 그러니 너무 걱정하지 말고 계속 연습해."

그의 '괜찮아'는 그저 상황을 넘기는 반응이 아니었다. 연습하면 나아지니 절망하지 말고 계속하라는 '진심의 격려'였다. 내 마음이 움츠러들지 않도록 그의 가르침에는 늘 응원이 함께 따라왔다.

한번은 한국으로 돌아와서 도대체 늘지 않는 실력 때문에 괴로워하며 그에게 메시지를 보냈던 적이 있었다. 나는 아줌마고 애도 있고 전문 댄서도 아닌데 왜 이걸 이렇게 열심히 하는지 모르겠다고. 그리고 잘하고 싶은데 실력이 너무 늘지 않아 도대체 어떻게 해야 할지 고민이라고 하소연했다. 그에게서 이런 답장이 왔다.

"괜찮아. 너의 시간이 허락할 때 연습해. 그러면 나아질 거야. 그건 확실해. 그리고 아르헨티나에 이런 말이 있어. '탱고 또한 너를 기다려준다'."

탱고도 나를 기다려준다니, 정말 대가만이 줄 수 있는 위로의 방식이었다.

[아니 안드레아니]_사진제공: 에레라 탱고 아카데미

로베르토의 아내인 아니의 수업은 참으로 정성스러웠다. 그녀만의 특유의 표정처럼 수업은 늘 생생하게 살아 있었다. 보통 몸을 쓰는 수업에서는 동작을 보여주고 따라 하라고만 하는데 아니는 동작 하나하나에 구체적인 설명을 붙였다. 예를 들어 다리가 잘 모이지 않는 나에게 "미니 스커트를 입고 탱고를 춘다고 생각해 봐, 그러면 좀 더 다리를 모으는 데 도움이 될 거야."라든지, 좀 더 박진감 있는 동작을 할 때는 "너의 프라다 가방을 ―나한텐 없지만!― 남들한테 자랑한다고 생각해 봐. 그렇게 약간은 으스대며 동작을 해도 돼."처럼 구체적으로 상상하게 만들어 줬다. 그 표현들을 듣다 보면 그녀가 탱고를 좀 더 정확하게 전달하기 위해 얼마나 고민했는지 알 수 있다.

아니는 가르치기보다는 친구처럼 함께한다. 내가 잘 안되는 부분이 있으면 정말 '함께 괴로워'한다. 나의 어설픈 영어와 독일어로도 느낄 수 있을 정도라면 그녀가 얼마나 세심하고 예민하게 공감해 주는지 알 수 있다. 그녀의 탱고 실력도 작년보다 훨씬 발전해 있었는데 그것만으로도 신뢰가 갔다. 완벽한 기능을 구사하는 것보다 점점 나아지는 모습이 더 큰 신뢰를 준다. '내가 제대로 된 사람에게 배우고 있구나, 앞으로가 더 기대가 된다'는 마음이 들기 때문이다.

가장 안되는 부분 위주로 레슨을 받는 것은 가장 엉망진창인 나, 피하고 싶은 나를 만나는 일이다. 하지만 이 괴로운 시간이 지나가고 좌충우돌하는 나를 안아줄 때면, 또 한계라고 생각했던 부분을 깨뜨릴 때면 말로 표현할 수 없는 희열이 찾아왔다. 대가가 말하는 나의 탱고를 들을 수 있어서 행복하고 감사했다.

[퓐프 회폐 쇼핑센터 야외 밀롱가]

"타인을 타인으로 남겨두는 것,

이게 탱고의 매력이다. 인연이 닿으면 언젠가 다시 한번 만나서 춤

을 출 테니."

③ 뮌헨 밀롱가에서 만난 땅게로들

작년의 독일행과 달라진 새로운 경험은 독일에서 밀롱가를 다니기 시작했다는 것이다. 아무리 피곤해도 시차 때문에 밤에 더 정신이 말짱했고, 두 번째 방문인데도 1분 1초가 아까웠던 나는, 이 모든 시간을 탱고로 꾹꾹 채워 가리라 마음먹었다. 마침 내가 묵는 집에서 15분 거리에 밀롱가가 있다는 정보를 얻을 수 있었다. '핀프 회페'라는 조금 고급스러운 느낌의 쇼핑센터에서 하는 밀롱가였고, 입장료는 자율 기부 형태로 받고 있었다. 독일어로는 '슈펜테 Spende'라는 방식이었다. 대부분 고전에 가까운 30~40년대 탱고 음악이 나왔는데 공간의 층고가 높아 멋지게 잘 울렸다. 딱 봐도 여행객으로 보이는 동양인 여자라 그런지 춤 신청이 제법 들어왔다. 어차피 낯선 사람과의 만남이라 꺼릴 게 없었으니, 그게 탱고의 매력이다. 한국에서는 보통 밀롱가에서 닉네임을 쓰는데 유럽은 주로 본명을 쓰고 있었다. 나는 그것도 마음에 들었다. 자기 이름을 이야기하고 춤을 추는데 나쁜 짓을 할 것 같진 않았다.

그곳에서 모두 '7딴따' 정도를 췄다. 독일에도 각양각색의 땅게로들이 있었다. 춤 신청은 했지만 쑥스러움을 어쩌지 못하는 땅게로도 있고, 아는 척을 하고 싶었는지 내가 한국에서 왔다는 걸 알고 남북문제를 탱고 추는 내내 물어보는 꼰대풍의 땅게로도 있었다. 그에게는 싫은 티를 팍팍 냈다. 그다음 다른 밀롱가에서 우연히 그를 만났는데 나에게 절대 춤 신청을 하지 않았다. 그의 아브라소가 정말로 얄팍했던 걸 아직도 내 손이 기억하고 있었다. 사람 사는 건 어디나 다 똑같다.

이들 중 유난히 잘 맞았었던 땅게로가 한 사람 있었다. 순박하게 생긴 프랑크라는 독일 남자였다. 집에 가려는 프랑크를 그의 친구가 붙잡았다. 그러더니 나를 가리키며 무언가 말하는 것을 보았다. 이윽고 프랑크가 가방을 내려놓고 나에게 까베세오를 했다. 아마 '쟤랑 한번 춰 봐. 동양인이잖아.'라고 한 게 아닐까.

그가 나에게 까베세오를 할 때 마침 내가 좋아하는 음악이 흘러나왔다. 오스발도 뿌글리에쎄. 개성 있고 특이한 선율에 복합 박자를 많이 쓰는 작곡가다. 우리 학원 이름이기도 한 '라 슘바La Yumba'를 같이 추었다. 프랑크도 춤을 잘 추고, 음악도 마음에 들어 나는 탱고에 푹 빠져들 수 있었다. 프랑코도 춤이 끝나고 "쉔 Schön!(아름답다)" 하고 감탄했다. 으레 하는 인사치레보다 저도 모르게 나오는 감탄사가 더 어깨를 으쓱하게 만든다. 기분이 좋아진 나는 그와 사진을 같이 찍었다.

그는 뮌헨에 있는 동안 밀롱가를 몇 번이나 올 거냐고 물어보고는, 잠시 머뭇거렸다. 아마 밀롱가에 갈 때 연락을 할까 하다가, 그냥 인연에 맡기기로 한 것 같았다. 타인을 타인으로 남겨두는 것, 이게 탱고의 매력이니까. 인연이 닿으면 언젠가 다시 한번 만나서 출 수 있을 테고, 아니면 이 좋은 기억을 가지고 어디서든 또 다른 탱고를 추겠지.

독일 사람들의 아브라소는 생각보다 편하지는 않았지만, 혼탕의 문화가 있는 나라이니 만큼 신체적 거리가 가까운 것 자체에 대한 긴장감은 별로 없었다. 쇼핑센터에서 정기적으로 야외 밀롱가가 열리는 것도 참 신기했다. '춤'이라는 문화가 일상에 확실히 잘 스며들어 있었다. 춤을 추러 간다고 하면 어디 으슥한 음지로 들어간다고 생각하는 것이 아니라 그저 늘상 가는 시내에서, 저녁 식사 후 한두 시간 즐기는 문화라는 인식이 부러웠다. 유럽의 탱고가 이렇게 삶과 자연스럽게 맞닿아 있다는 것을 나는 이날 제대로 경험했다.

시내의 어느 학원에서 열린 또 다른 밀롱가에도 참가했다. 여기서도 다양한 사람들을 만났다. 재미있는 건 나이가 어린 땅게로들은 주로 자기가 잘했는지를 물었고, 어느 정도 연륜이 있는 땅게로들은 주로 "잘한다"라는 칭찬을 건넸다. 하지만 독일 땅게로들도 남자만의 호기를 부리며 탱고를 추는 건 한국과 같았다. 멋있어 보이고 싶다는 점에서 전 세계 남자들이 다 똑같구나, 하고 미소를 지었다.

또 하나의 특별한 경험은 땅게라에게 까베세오를 받아본 것이다. 50대 정도 되어 보이는 여성이었는데 꽤 미인이었다. 남성과는 골격이 다르니 아브라소가 자꾸 샜고, 리드를 읽기가 어려워 자꾸 틀렸지만, 그 어느 때보다 즐거웠고, 잠깐 담소도 나눴다. 남자와는 다른 부드러운 리드가 무척 매력적이었다.

날 보자마자 "너 한국인이지?" 하고 말한 땅게로도 있었다. 깜짝 놀라며 "어떻게 알았어?"라고 반문하자 그는 씩 웃으면서 "회사일 때문에 한국에 한 5년 살았어. 그래서 한국인은 구분할 수 있어."라고 하는 것이다. 동양인을 구분한다는 사실이 무척이나 신기했다.

어느 정도 추고 나서 돌아가려는 나를 또 한 명이 붙잡았다.

"너 지금 갈 거야? 사실 나 너랑 너무 춰 보고 싶었는데 네가 나를 안 보더라."
"아, 그러면 너랑 마지막으로 한 딴따만 추고 갈게. 대신 슈즈를 갈아 신어야 하는데 기다릴 수 있어?"
"물론이지."

30대로 보이는 이 독일 땅게로는 내게 궁금한 게 많았는지 탱고를 추면서도 중간중간 이것저것을 물었다. 리드 읽으랴 대꾸하랴 정신이 없었지만 말하면서 깨달았다. 탱고가 대화를 가능하게 해 주었다는 것을. 만일 내가 독일 사람들과 대화를 해야 했다면 오히려 어색하고 힘들어 빨리 자리를 피하고 싶었을 것이다. 독일어나 영어를 잘 못해 우왕좌왕하는 내 모습에 화가 났을지도 모른다. 하지만 탱고가 있으니 문제가 없었다. 땅게로들은 모두 내가 알아들을 수 있게 천천히, 호의를 담아 말을 걸어 주었다.

한국에서 뮌헨 일정을 짤 때 비행기표 값이 아까워 다른 나라 도시도 가 보기로 했다. 그 도시는 프라하였다. 예전부터 호기심이 일던 도시였다. 약 16년 전 프라하는 뮌헨에서 마음만 먹으면 갈 수 있는 도시였다. 물가도 싸고 교통편도 편리했다. 사는 게 녹록지 않은 유학생 부부가 그래도 콧바람 쐴 겸 어딘가 갈 여유를 부려 보자면, 만만한 게 프라하였다. 하지만 뮌헨에 있던 4년 동안 이리저리 치이고 눌리고 차일피일 미루다 결국 가 보지 못했다. 탱고 수업으로 뮌헨의 일정을 꽉꽉 채워서 조금은 빠듯하긴 했지만, 그래도 약간의 모험을 해 보고 싶었다. 일종의 일탈이라고 해야 할까? 하지만 이내 웃음이 나왔다. 일상을 깨고 뮌헨으로 탱고 수업을 갔는데 뮌헨에서 그 '특별한 일상'도 깨보고 싶다는 생각을 하다니, 나도 참 평범하진 않구나 싶었다.

프라하에 가는 날은 비가 왔다. 몸을 따뜻하게 하려고 터미널에서 카푸치노 한 잔을 샀다. 인상 좋은 터키 아줌마가 주문을 받는다. 기분 좋게 독일어로 주문을 했다. 독일에서 4년이나 살았는데 커피 주문 정도야 자신 있게 할 수 있지, 싶었다. 주문을 한 뒤 옆을 보니 독일에서 보기 힘든 빵이 진열돼 있었다. 물어보니 리코타 치즈를 넣은 부드러운 빵이라고 알려주신다. 이번에도 자신 있게 빵을 주문했는데, 아뿔싸, '빵 하나 주세요'를 '빵 한 번 주세요'라고

[프라하 동네 카페 밀롱가]

"프라하의 골목들, 건물들, 혀 끝을 휘감았던 스비치코바의 맛, 그
들의 탱고처럼 그 풍경들도 나를 따뜻하게 휘감는 것 같았다"

말해버렸다. 그녀는 웃으면서 "응, 빵 한 번~"이라며 빵을 내주었다. 독일인이 아닌 이방인들끼리 하는 독일어는 언제나 푸근하고 부드럽다. 타향살이의 고됨을 알기에 짧은 독일어 안에 이해심이 묻어난다.

비도 싫고, 추위도 싫고 게다가 혼자서 돌아다니는 것을 무서워하는 내가, 게다가 한국에서도 잘 타지 않는 시외버스를 먼 곳까지 와서 타는 것이 신기했다. 창밖의 풍경에 취해 졸다 보니 네 시간이 훌쩍 지나 프라하에 도착했다. 앱으로 프라하의 교통 티켓을 구매하고 버스에 올랐다. 워낙 길치라 이리저리 헤맸더니 딱 봐도 공부 잘하게 생긴 흑인 청년 하나가 인도식 영어를 쓰며 내게 먼저 말을 걸었다. 그는 목적지가 적힌 쪽지를 보더니 내릴 곳을 상세히 설명해 줬다.

발랄한 터키 언니, 친절한 흑인 청년. 낯선 사람들은 선량했고 그들의 작은 응원은 따뜻했다.

프라하는 독일보다 물가가 훨씬 저렴해서 마음이 편했다. 하루에 한 끼는 왕처럼 먹으리라 마음먹었다. 무얼 먹을까 고민하다가 '스비치코바'라는 체코의 전통음식을 먹었는데 궂은 날씨와 무척 잘 어울렸다. 포근한 빵에 야채 스프 같은 걸죽한 갈색 소스, 그리고 맛있게 쪄진 소고기와 라즈베리 잼을 올려 먹는 음식이다. 여기에 코젤 라거를 곁들여 마셨는데 맥주는 입에도 못 댔던 내가 두 잔이

나 맛있게 들이켰다. 따뜻하고 기름진 식사가 추웠던 몸을 녹여 주었고, 진한 코젤 라거는 복잡하게 꼬인 머리를 풀어주었다. 먹고 마시는 통에 나는 몸과 마음이 노곤해졌다.

그러다가 정신이 번쩍 났다. 프라하에서 밀롱가를 갈 수 있는 날은 오늘밖에 없다. 부랴부랴 미리 체크했던 밀롱가의 위치를 확인했다. 한 곳은 약간 시내에서 떨어진 동네 까페고, 다른 한 곳은 탱고 학원이었다. 두 곳 모두 입장료를 내고 들어가 탱고 슈즈를 갈아 신고 차분히 까베세오(춤 신청)를 기다렸다. 동네 밀롱가의 유일한 동양 여자라 그런지 다들 나를 신기하게 구경했다. 다행히 네 번의 춤 신청이 있었고, 영어가 어색한 그들이 긴장하는 게 느껴졌지만 그래도 정성껏 탱고를 췄다.

프라하 사람들의 탱고는 독일, 한국의 탱고와 또 달랐다. 기본적으로 몸에 리듬을 머금고 있었다. 동유럽에서는 마치 우리가 어렸을 때 피아노 학원을 다니듯 왈츠를 많이 춘다는 이야기를 들었다. 그래서 그런지 전반적으로 음악을 타는 감각이 훌륭했고, 탱고 발스(4분의 3박자 탱고)는 정말 남달랐다. 이미 알고 있던 간단한 패턴도 새롭게 느껴졌다. 이것이 슬라브가 가진 리듬인 걸까!

두 번째 장소에서는 까베세오를 받는 곳과 댄스 플로어가 따로 있어 신기했다. 다행히 바로 까베세오가 들어와 플로어로 이동할 수 있었다. 어제의 독일인의 탱고와는 매우 달랐다. 아주 역동적이면서도 자연스러웠고, 유난히 휘감는 느낌이 강했다. 아까 먹었던 스비치코바에서도 그런 느낌이 났다. 따뜻하게 혀를 휘감는 맛. 발스의 느낌과 음식의 정서가 통한다는 게 신기했다. 사실 한국이나 독일, 체코의 탱고 동작 자체는 같은 데도 모두 느낌이 달랐다. 프라하의 탱고에는 기묘한 화려함이 함께 따라 왔다. 나는 어느 때보다도 몰입해서 발스를 추었다. 그런 내 모습이 인상적이었는지 한 프라하 아가씨가 내게 말을 걸었다.

"너 발스 진짜 잘 춘다. 얼마나 췄어?"
"응? 고마워. 땅게로의 리드가 정말 좋아서 그랬을 거야. 나는 3년 정도 배웠어."

같은 여자에게 칭찬을 들을 때는 이상하게 더 뿌듯함이 느껴졌다. 그 뒤로 다시 프라하의 밤거리를 바라보니 프라하가 다르게 보였다. 프라하의 골목들과 건물들, 그 사이로 흐르는 음악, 혀끝을 휘감았던 스비치코바의 맛, 그들의 탱고처럼 그 풍경들도 나를 따뜻하게 휘감는 것 같았다.

잠시 쉬었다 다른 땅게로를 만났다. 그와는 빠른 탱고인 밀롱가를 함께했는데 정말 잘 췄다. 실력도 좋았지만 어찌나 자신감이 넘치는지 '자신감 뿜뿜'이었다. 우리는 서로 통성명을 했다. 그는 캘리포니아에 사는 미국인이었고 부활절 휴가차 동유럽을 도는 중이라고 했다. 아, 프라이드 오브 아메리카. 이것이 미국인의 탱고인가.

그는 보헤미아의 미국인이었다.

"너의 밀롱가는 정말 파워풀했어. 나는 이런 밀롱가는 처음 춰 봐."

나의 칭찬에 그 역시 친절하게 응했다.

"너도 정말 좋은 춤을 췄어."

한껏 기분이 오르자 사진을 같이 찍고 헤어졌다. 프라하에서 좋은 추억을 쌓으라는 덕담을 주고받으며.

여행할 때는 주로 겉모습만 보고 끝나는 경우가 많다. 관광지에서 사진을 찍는다든가 가이드 투어를 하면 늘 가던 곳만 가게 된다. 시간이 짧으니 현지인들을 접하고 그들과 어울릴 기회를 찾기도 어렵다. 그런데 탱고는 그 나라의 문화 안으로 잠시나마 깊숙이 들어갔다 오는 경험을 선사해 준다. 그 나라의 정서와 특유의 민족성을 육감으로 만나볼 수 있는데, 거기서 무척 다양한 감각들이 느껴져 굉장한 짜릿함을 준다. 브로큰 잉글리시만이 아니라 탱고 또한 '인터내셔널 랭귀지'였다.

다음날, 예정대로 라면 나는 맥주 박물관과 카프카 박물관을 잠깐 들를 생각이었다. 부활절 전후라 아직 시장이 걷히지 않아 아무 데

나 가도 예쁜 풍경을 볼 수 있었으니 그냥 구시가지에만 머무를까도 고민했다. 그러나 어제 슬라브족의 탱고를 맛보고 나니 몸에 계속 그 희한한 리듬이 떠나질 않았다. 갑자기 드보르자크가 떠올랐다. 맞아, 프라하에는 '드보르자크 박물관'이 있었지. 그곳에서 그의 음악에도 같은 감각이 흐르는지 확인하고 싶었다. 약간 외곽이긴 했으나 그래도 다녀올 만했다.

아담하고 고즈넉한 분위기의 박물관은 '빌라 아메리카'라고 불렸다. 박물관 출구 쪽에 이런 말이 적혀 있었다.

"미국을 보았기 때문에 나는 이만큼 할 수 있었다. 세계적인 작곡가라고 불리기보다 체코 작곡가로 불리고 싶다."

이 말이 가슴에 깊이 박혔다. 미국에서 받은 풍성한 자극을 인정하면서도, 자신의 뿌리를 깊이 생각한다는 뜻이었다.

어제 내가 탱고를 통해 만난 체코 사람들은 따뜻했으나 조금 쭈뼛거렸다. 실력도 부심도 분명히 있으나 묘하게 자기를 숨긴다는 인상을 받았다. 이들의 역사를 떠올려 보았다. 늘 점령당하는 이들의 역사에서, 다른 민족의 일부로 섞여 살아야 했던 이들은 살아남기 위해 어떤 자세와 사고를 지녀야 했을까. 받아들일 건 다 받아들이되, 정체성을 지켜내려는 드보르자크의 말을 아브라소의 감각으로 이해할 수 있다는 것이 무척 신기했다.

2층으로 올라가니 청음실이 나왔다. 모든 곡을 다 들어볼 수는 없었지만 드보르자크의 춤곡만은 꼭 들어보고 싶었다. 유명한 슬라브 무곡과 왈츠, 폴카가 있었다. 춤곡들이 흘러들어오는데 어젯밤 느낀 체코인의 리듬이 생생하게 살아 있었다. 몸으로 느낀 것을 다시 귀로 확인하니 감각들이 더욱 또렷해졌다. 내 삶에 없었던 감각들이 새로 열렸다. 그것은 내 세계가 넓어지는 희열이었다. 감격스러움에 나도 모르게 눈물이 나왔다. 내가 알던 세계를 재발견할 때면 편견이 깨지면서 좁고 경직되어 있던 이전 세계기 말랑말랑해지는데 그때는 여지없이 눈가도 촉촉해진다. 그렇게 30분을 울면서 청음실에 있었더니 박물관 관리인이 눈으로 하트를 쏴 주고 갔다. 그녀는 아마도 내가 드보르자크의 광팬이라고 생각했을 것이다. 탱고에 미쳐 이곳까지 날아온 줄은 꿈에도 모를 것이다. 역시 사랑스럽게 보이려면 적당한 거리와 적당한 오해가 늘 필요한 듯하다.

원정 3년 차

　이제 아이들은 내가 탱고 여행을 간다 하면 '엄마가 여행갈 때가 또 되었구나' 하고 당연하게 받아들인다. 에레라와 아니도 내가 또 찾아 올 것을 알고 있다. 작년, 두 번째로 뮌헨에 가기 전 남편이 말했다.

　"이번에 가면 에레라가 다른 걸 이야기해 줄 걸?"

　정말로 그렇게 되었다. 이번에 갈 때도 새로운 걸 경험하게 될 것 같았다. 게다가 프라하에서 했던 모험은 내게 민족마다 몸에 서 로 다른 리듬을 품고 있다는 걸 가르쳐 주었다. 더 많은 것을 탐험 해 보고 싶었다. 첫해에는 대가의 탱고를 보고 왔고, 두 번째 해에 는 대가가 말하는 나의 탱고에 대한 이야기를 듣고 왔다면, 이번에 는 무엇을 새로 배울 수 있을까.
　늘 그랬던 것처럼 에레라와 아니에게 각각 따로 탱고 수업을 신 청했다. 그런데 수업에 대해 우리 탱고 선생님과 의논을 하니 선생님께서 이번에는 수업을 따로 받지 말고 로베르토와 아니 두 사람에게 동시에 레슨을 받는 게 어떠냐고 말씀하셨다. 나는 굳이 그럴 필요가 있나, 하고 넘겨들었다. 그런데 뮌헨에 도착하고 수업이 시작되기 전 아니에게 메시지가 왔다.

"로베르토와 의논을 했는데 이번에는 우리 둘이 공동으로 레슨하는 게 어떨까 해. 우리는 그게 더 너에게 도움이 될 것 같거든. 물론 네가 원하지 않는다면 각각 들어도 괜찮아."

역시 정통한 대가들의 생각은 비슷했던 것인지 선생님 말씀처럼 되었다. 내가 아직 보지 못하는 걸 선생님들은 보고 있었던 것이다. 사실 그동안 쌓아온 실력으로 밀롱가를 다니면서 탱고를 즐기는 데는 별 불편함이 없다. 하지만 밀롱가에서 아무리 칭찬을 듣는다고 해도 새로운 것을 배우고 발전하는 데는 한계가 있다.

이번에 에레라는 탱고의 역사적 흐름 속에서 나의 탱고에 대해 이야기를 해 주었다. 전통 탱고에서 현대 탱고로 탱고가 어떻게 변해 왔는지, 그래서 탱고의 피구라와 리드가 어떤 식으로 바뀌었는지 탱고의 전체적인 흐름에 대한 이야기였다. 그 안에서 내 개성을 조합해 낼 수 있다는 것이 핵심 내용이었다.

예를 들어 돌기 동작을 할 때는 파트너의 왼쪽 뺨에 시선을 고정하는 것이 정석이다. 하지만 오늘날에는 꼭 왼쪽 뺨이 아니라 도는 방향으로 시선을 함께 옮겨주어도 된다고 했다. 그러면 보다 자연스러운 느낌이 든다는 것이다.

　또 느닷없이 김치가 떠올랐다. 예전 독일에서는 재료를 구하기가 어려워 김치를 담글 생각도 하지 못했다. 게다가 액젓이나 마늘 냄새도 상당히 부담스러웠다. 그래서 나는 마늘 냄새가 덜 나는 김치를 만들기 위해 이렇게 저렇게 다양한 방법으로 김치를 많이 만들어 보았다. 한국처럼 온갖 재료를 다 사용하지 않고 만드는 미니멀한 김치가 내 스타일이었다. 그러다 보니 독일 현지에서 어떠한 재료로든 김치를 만들 수 있는 기술을 가지게 되었다. 나만의 김치가 생긴 것이다.

　그런데 10년이 넘은 지금은 김치나 마늘 냄새를 더 이상 숨길 필요가 없다. 한류와 함께 김치도 꽤 유행을 하고 있어서 독일 슈퍼에서 김치 주먹밥을 팔고, 심지어 김치 광고도 심심치 않게 볼 수 있다. 내가 지금 독일에서 김치를 담근다면 굳이 미니멀한 방식을 고수할 필요가 없다.

　바로 이것이다! 탱고의 흐름과 변화를 들으면서 가슴이 뛰기 시작했다. 김치처럼, 탱고도 변하는 것이다. 탱고가 살아 움직이는 유기체처럼 유동적이라는 뜻이다. 아무리 중요했던 것들도 가치와 의미가 고정되어 있으면 골동품이 되기 쉽다. 사회와 함께, 사람들과 함께 달라져 가는 탱고. 그 탱고를 나도 계속 새로 겪어야 한다. 나는 탱고의 생명을, 살아있음을 느꼈다.

아니는 예전에는 남자의 리드대로만 여자가 움직였는데 지금의 탱고는 여자도 조금은 남자에게 리드를 끌어내고, 박자와 리듬을 남자에게 넣어주고, 서로 소통하듯이 추는 것을 조금 더 중요하게 여기게 되었다고 말해 주었다. 문득 작년 밀롱가 때 땅게라의 리드를 받아 탱고를 췄던 게 떠올랐다. 탱고는 남성만이 주도하던 옛날에 머물러 있지 않다. 아니는 나에게는 음악에 조금 더 집중하고, 좀 더 나 자신을 적극적으로 표현해도 좋겠다고, 나의 색깔이 담긴 '이승은 만의 탱고'가 있었으면 좋겠다고 강조했다.

[수업을 마치고, 타니, 아니, 로베르토와 함께]

3년을 지속적으로 만나다 보니 로베르토와 아니가 나를 마음으로 받아들이는 게 느껴졌다. 로베르토는 자신의 인스타그램에 함께 찍은 사진을 올리며 '한국에서 온 사랑하는 제자 승은과 함께'라고 적기도 했다.

아르헨티나인 로베르토의 감각과 독일인 아니의 좋은 시스템이 합쳐진 수업은 또 다르게 다가왔다. 이들도 나와 가까워졌다고 여겼는지 로베르토의 동생 타니Tani를 수업 시간에 불러 나의 실습 파트너 역할을 맡겼다. 그 모습을 보면서 로베르토와 아니는 즉석에서 의견을 주고받으며 진단하고 바로 피드백을 주었다. 로베르토와 아니는 내 탱고에 온전히 집중해 주었다. 어려운 과정이었지만, 끝나고 나면 홀가분한 기분과 함께 자신감이 차올랐다.

예전에 해외에서 공부하는 사람들을 보면서 이 힘든 걸 어떻게 견딜까, 했었다. 언어가 완벽하지 않아 내용을 이해하지 못할 때의 그 부담감, 수업에 들어가서 나의 부족함을 마주할 때 자아가 무너질 것 같은 두려움을 나는 이겨내지 못할 것 같았다. 하지만 뮌헨에서 탱고 수업을 받아 보니, 비록 기나긴 유학 생활에 비길 바는 못되지만, 조금은 그 비결을 알 수 있을 것 같았다. 부담감과 두려움 끝에 찾아오는 새로운 깨달음, 그때의 환희와 행복이 두려움을 극복하게 해 주는 것이었다.

그러고 나니 문득 남편 생각이 났다. 생활고 때문에 등교조차 어려운 상황, 남편은 오직 두려움만 지닌 채 수업을 들었던 터라 깨달음으로 얻는 환희는 느껴보지 못했을 것이다. 남편이 뮌헨에서 겪었던 슬픔이 어떤 것이었을지 처음으로 이해할 수 있었다.

① 소통이 주는 강력한 용기

세 번째 원정에서는 H 언니의 이웃인 홀가 할머니 댁에 묵게 되었다. 토박이 독일 사람 집에 잠시 들러 본 적은 있어도, 이렇게 며칠 묵게 된 것은 이번이 처음이었다. 홀가 할머니 댁은 언제나 정돈된, 전형적인 독일 집이었다. 홀가는 헤비스모커였는데 꼭 담배를 피울 때 문을 꼭꼭 닫고 실내에서 담배를 태웠다. 이유를 물어보니 다른 집에 담배 연기가 들어가지 않게 하느라고 그린 것이란다. 아침을 먹고 나서 65년간 쭉 지켜왔다는 본인의 아침 '식후땡' 시간이 제일 행복하다고 말했다. 하지만 우습게도 나보고는 절대 담배를 피우지 말라는 당부를 했다.

한국 사람을 거의 접해 본 적이 없는 홀가는 나의 한국식 독어를 어려워했고, 나는 그녀의 전형적인 독일어가 조금은 어려웠다. 그러나 나이가 많은 홀가가 말을 천천히 하며 최대한 예의를 갖추니 우리 둘은 언제나 소통이 가능했다. 예의가 소통을 가능하게 해 준다는 사실은 강력한 용기를 가져다준다.

이것은 탱고를 통해 얻은 가장 강력한 가르침이기도 하다. 도착하자마자 다음 날 바로 들른 뮌헨의 작은 밀롱가에서 키가 크고 마른 땅게로 한 명이 나에게 다가와 독일어나 영어를 할 수 있냐고 물어보았다.

214

"너 혹시 독일어나 영어는 할 수 있니? 나는 한국말을 전혀 못하거든. 그런데 뭐, 탱고는 굳이 말이 필요없기는 해! 그게 탱고지. 탱고로 대화하면 돼. 근데 너 그래도 독어를 좀 알아 듣는구나."

"응, 사실 나 15년 전에 남편 공부 때문에 4년 정도 뮌헨에 살았어. 근데 지금은 다 잊어버렸어."

"그래, 독일어가 어렵지. 그리고 독일어를 배우기엔 인생이 너무 짧고."

"맞아. 근데 나는 독일어가 그 어떤 언어보다 정직해서 매력이 있다고 생각해."

우리는 파파고를 사용해 그나마 진지한 대화를 나눴다. 그는 내가 건넨 말을 듣고 크게 감동받은 듯했다. 그와의 탱고는 우리가 나눈 대화만큼이나 정직하고 담백했다. 그 이후 찾아간 뮌헨의 밀롱가에서 비슷한 상황이 벌어지면 보통 이렇게 이야기한다.

"나는 독어 조금, 영어 조금 할 줄 알아. 대신 한국말은 상당히 잘하고, 탱고는 매우 잘해. 원하는 걸로 선택해!"

그러면 그들은 모두 웃으면서 한국어를 몰라서 미안하다며 탱고로 이야기하자고 말한다. 변하지 않는 상황이지만, 마음을 달리 먹으면 모든 상황이 바뀐다. 나의 세계, 나의 탱고를 통해 이런 마음과 태도를 배울 수 있어서 무척 감사했다.

② 왕의 집, 예술가의 집

뮌헨에서 가장 궁금했던 밀롱가가 두 개 있었다. 하나는 뮌헨의 예술가의 집에서 열리는 밀롱가였다. 예술가의 집은 2차 세계대전 때 예술가들이 기금을 모아 지은 커뮤니티 하우스이다. 생계가 어렵고 거처가 안정적이지 않은 예술가들이 거주 문제만이라도 신경을 덜 쓰도록, 그래서 예술 활동에 더 집중하도록 만든 집이다. 지금은 1층은 레스토랑, 2층은 작은 콘서트홀로 운영이 되고 있었는데, 이런 역사적 의미가 있는 곳에서 하는 밀롱가는 어떤 분위기일까 궁금했다. 공간은 우아하고 기품 있었다. 문득 이런 생각을 했다.

'유럽의 탱고는 일상 속에 있을 뿐 아니라 예술과도 가까이 있구나'

점잖은 장소와 깨끗한 조명 아래서 탱고를 추니 이 자리에 있는 내가 조금 특별하다고 느껴졌다. 사람들도 공간의 영향을 받아 더 세련되고 예의가 있었다. 무엇보다 인상적이었던 건 밀롱가를 진행하고 운영하는 오거나이저 여자분이었다. 중간중간 분위기를 잡아주고 진행하면서 앞으로의 진행을 미리 알려주는데 마치 내가 잘 준비된 어떤 중요한 행사에 참석한 것처럼 느껴졌다.

[뮌헨 님펜부르크 왕궁]

"멋을 냈지만 과하지 않은 절제미가 있었다. '요정의 성'이라는 장
소의 이름처럼. 어쩌면 이것이 정말 예술의 역할이지 않을까."

또 다른 하나는 바이에른 왕국의 비텔스바흐 왕가가 여름 별장으로 사용하던 님펜부르크 궁전에서 열리는 밀롱가였다. 정원과 성이 아름답고, 바이에른 왕 루트비히 1세가 전국의 미인들을 모아 놓고 초상화를 그리게 했다는 '미인들의 갤러리'가 특히 유명하다. 이런 곳에서 열리는 밀롱가는 어떠할까. 예전에 궁궐에서 펼쳐지던 무도회와 비슷할까.

[뮌헨 예술가의 집에서 열린 밀롱가]

좋은 날씨에 예쁜 정원을 따라 성으로 가는데 바람이 살랑인다. 저 멀리서 탱고 음악이 나를 마중 나온다. 팻말을 따라 성의 문을 열고 나무계단을 따라 올라가니 그곳에서 밀롱가가 열리고 있었다. 분위기가 매우 밝았다. 이런 밀롱가도 있을 수 있구나. 멋을 냈지만 다들 과하지 않은 절제미가 있었다. 일요일 저녁 가볍게 즐기는 탱고였지만, 사람들은 공간에 걸맞게 행동했다. '요정의 성'이라는 장소의 이름처럼 말이다. 어쩌면 이것이 정말 예술의 역할이지 않을까.

혼자서 이런저런 생각을 하고 있는데 누군가 까베세오를 청했다. 한 곡을 추고 나더니 그가 나한테 물었다.

"우리 어디서 한 번 춘 적 있지 않아?"

그랬다. 어디서 한 번 만나본 리드였다. 가만히 생각해 보니 작년 뮌헨의 어느 밀롱가에서 만났던 사람이었다. 통성명을 한 땅게로는 딱 두 사람, 프랭크와 슈테판뿐이었으니 기억을 더듬는 데 시간이 오래 걸리지 않았다.

"슈테판?"
"아, 네 이름이 뭐였더라?"

내가 '승은'이라는 한국 이름을 말하자 그는 이렇게 말했다.

"아, 슈베어schwer(어려워). 슈베어린Schwerin(넌 어려운 여자야)이야. 차라리 슈비Schwie는 어때. 그렇게 기억할게. 슈비두비. 그런데 너 언제까지 뮌헨에 있어?"
"나 내일 한국으로 돌아가. 내년에 다시 올게."
"내년? 오 마이갓! 그래 꼭 내년에 와, 기다릴게."

나는 한국에서든 유럽에서든 닉네임을 쓰지 않는다. 유럽 사람들이 애를 쓰며 내 이름을 발음하다가 실패하더라도. 두세 번 따라서 '쓰우은…'이라고 부르더라도 내 한글 이름 '승은'을 고집한다. 나는 그들도 좀 어려움을 겪어야 한다고 생각한다.

'내 이름이 어려운 건 내 문제가 아니야. 너희가 익숙하지 않아서야. 그래야 너희들도 내가 여기서 살았을 때 어려웠다는 걸 좀 알지.'

한글 이름을 고집하는 건 나의 마지막 자존심 같은 것인데, 나의 한글 이름 석자가 탱고를 출 때 나를 좀 더 나답게 만들어준다고 믿기 때문이다.

슈테판과 기분 좋게 작별하고 나서 눈을 뗄 수 없는 장면 하나를 보았다. 부모를 따라 탱고를 추러 온 아이가 있었다. 젊은 부부와 초등학생쯤 된 딸과 아직 유치원생쯤 되는 남동생, 이렇게 네 명의 가족이었는데, 남자 아이는 몇 딴따 되지 않아 칭얼거리더니 엄마와 함께 퇴장했다. 그러자 아빠가 딸과 함께 댄스 플로어에

[아빠와 딸의 탱고]

서 사람들과 섞여 탱고를 추기 시작하는 것이다. 당연히 서툴렀다. 하지만 아빠와의 탱고라니. 저 아이의 기분은 어떨까. 아버지는 얼마나 행복할까? 내가 겪어보지 못한 순간을 누리고 있는 아버지와 딸을 바라보며 혼자서 가슴이 뭉클했다.

나도 아빠가 건강하셨더라면 저런 장면을 한 번쯤 연출해 볼 수 있었을까? 그 장면이 내 인생의 일부처럼 다가와 가슴에 박혔다. 아, 나는 그 장면을 보기 위해 이곳에 온 것이었다.

③ 바젤 밀롱가

탱고라고 다 같은 탱고가 아니다. 서울의 탱고, 뮌헨의 탱고, 프라하의 탱고가 다르다. 이번에도 다른 나라의 탱고를 경험해 보고 싶었다. 친한 동생이 마침 스위스 바젤에 살고 있었는데, 혹시 방문해도 되겠는지 물으니 열렬히 환영했다. 나보다 자기가 더 신나서 모든 일정을 다 짜놓을 테니 몸만 오라고 했다. 간호사 출신인 이 동생은 3교대로 단련된 체력과 1분 1초를 아껴가며 많은 일을 해내는 능력을 발휘해 바젤에 머무는 3박 4일의 오전을 알뜰살뜰히 보내게 해 주었다. 프랑스의 콜마르, 바젤 미술관, 독일의 비투라 박물관과 브람스의 별장이 있었다는 툰 호수까지도 다녀왔다. 나보다 더 신나 하는 그 마음, 진정한 환대란 그런 게 아닐까 싶었다.

바젤에서는 세 번의 밀롱가에 갈 수 있었다. 친절하며 젠틀하지만, 경계가 확실한 스위스인의 탱고는 어떨까. 미리 정보를 찾아보니 탱고가 열리는 장소가 식당, 발도르프 학교의 지역 회관, 니체가 처음 강의를 시작한 바젤대학교의 음악학 세미나실 등 서로 다른 일상의 장소들이었다.

첫 밀롱가, 비가 꽤 오는 수요일 밤이어서 그런지 참석 인원이 나를 포함해 다섯 명뿐이었다. 운영자가 매우 난감해하며 사람이 적어도 괜찮냐고 물었지만, 내 경험상 사람이 적은 밀롱가가 더 좋았던 적이 많았기에 나는 기꺼이 밀롱가 참가비 10프랑을 건넸다.

그런데 음악이 조금 당황스러웠다. 정통 탱고 음악이 아니라 가요, 팝 같은 일반 음악들이 이리저리 섞인 음악이었다. 잠시 난감했다. 아이스크림을 먹어도 바닐라만 먹는 내게 민트초코를 강제로 먹이는 꼴이었다 적당히 맞춰주다 끝낼까 싶었지만, 그러기엔 너무 먼 길을 왔다. 마침 까베세오가 왔고, 나는 그 신청에 응했다.

음악도 다르고 땅게로의 스타일도 특이했다. 익숙지 않은 동작을 하다 보니 피리 소리에 맞춰 목을 꺾는 코브라가 된 기분이었다. 어쨌든 밀어내지 않고 리드를 받으려고 애를 썼는데, 그러다 보니 차츰 익숙해졌다. 마치 어렸을 때 흙장난을 하는 기분이었다.

처음에는 손에 흙이 묻는 게 싫어서 내빼다가 조금씩 재미를 느끼고, 결국 본격적으로 물을 부어 진흙을 만들어 요리조리 반죽해서 노는 것처럼. 비록 손은 더러워지지만 물먹은 흙의 부드러운 감촉과 시원함이 긴장을 풀어주고, 결국 물에 젖은 흙을 손가락에 듬뿍 묻혀 친구의 얼굴에 바르는 지경에 이른다. 그러다 보면 둘 다 어느새 시커먼 흙투성이다. 옷도 더러워지고 손도 더러워져서 엄마한테 혼날 게 걱정되지만, 그 순간은 세상 즐겁다. 바젤의 밀롱가는 그런 흙장난 같았다. 정통스타일이 아닌 오늘의 탱고를 장난치듯이 자유롭게 춰 보았다. 어딘가 얽매이지 않고 이리저리 몸을 움직이는 재미도 있었다. 운영자 커플이 내게 와서 말을 걸었다.

[바젤대학교 음악학 세미나실에서 열린 밀롱가]

"와~ 너 정말 잘 춘다. 너무 좋았어. 어디서 왔어? 언제까지 여기 있어? 사실 우리 팀이 토요일에도 밀롱가를 하는데 네가 그때까지 바젤에 머문다면 여기 초대하고 싶어."

정보를 보니 이틀 후 내가 가려고 했던 바젤대학교 음악 세미나실의 바로 그 밀롱가다.

"응, 가능해. 여기 정보 이미 나 알고 있어. 토요일에 갈게."

그들과 가볍게 포옹을 하고 활짝 웃으며 헤어졌다. 세상에, 해외에서 밀롱가 초대를 받다니! 신기한 경험들의 연속이었고, 진정한 모험을 하는 기분이었다.

유럽에서 밀롱가를 돌며 한 가지 느낀 것이 있었다. 유럽 땅게로들은 내가 그보다 춤을 더 잘 춘다고 느끼면 약간 긴장은 하지만, 그래도 더 신나 하면서 그동안 자기가 해 보고 싶은 동작들을 최대한 많이 시도하며 무척 즐거워한다. 바젤에는 유난히 이런 땅게로가 많았다.

반면 한국에서 만난 땅게로들은 보통 자기보다 실력이 위인 땅게라를 만나면 대부분 긴장하며 잘 못해서 미안하다고, 죄송하다고 말한다.

스위스의 탱고는 느낌이 아주 다르다. 이러한 차이를 통해 우리나라 남자들이 확실히 비교나 경쟁으로 인한 스트레스를 더 많이 받고 있다는 걸 알 수 있었다. 탱고를 출 때만큼은 그 모든 걸 다 내려놨으면 한다. 진심의 아브라소를 통해 그들이 삶의 터전에서 조금 더 힘이 나기를 바라는 마음이었다.

신기한 것은 바젤의 탱고는 도시 문화와도 닮은 점이 많았다. 바젤에는 거리에 신호등이 없었다. 옛날 우리의 시골처럼 눈치껏 길을 건너는데 그런 영향인지 탱고를 출 때도 론다(탱고에서 지키는 도는 방향)가 자주 깨졌다. 조금만 부딪히면 론다가 원래와 전혀 상관없는 방향으로 서로 튀었다. 마치 신호를 잘 지키는 듯하다가 중간중간 무단횡단을 하는 기분이었다.

바젤대학교 밀롱가도 특별한 경험이었다. 춤을 중요하게 여겼던 니체가 강의했던 대학교에서 탱고를 추다니! 주최자가 나를 알아보고 반가워하며 초대 손님은 입장료가 필요 없다고 했다. 그러면서 사람들에게 나를 이렇게 소개했다.

"이 사람은 탱고의 분위기(Luft)가 무척 좋고, 공감적인(sympathisch) 탱고를 춰서 오늘 제가 초대했습니다."

이 말을 여러 언어로 말하는 것도 재미있었다. 스위스에는 독어와 영어와 불어를 간단히 모두 섞어서 사용하는 사람이 많았다. 다른 나라 같으면 보통 대화 때, 영어나 자국어 둘 중 하나를 할 줄 아느냐고 묻는데 바젤에서는 꼭, "너의 메인 언어가 뭐야?"라고 묻고는 그 뒤에 네 가지 언어가 따라왔다.

"불어야? 영어야? 독어야? 이탈리아어야?"
"한국어 혹은 탱고 랭귀지."

그들은 당황하며 웃었다. 이 밀롱가에는 특별한 시간이 마련되어 있었다. 기타리스트를 초대해서 실제 연주에 맞춰 탱고를 추는 시간을 가진 것이다.

아직 반도네온이 들어오기 이전의 초창기 탱고에서 기타는 아주 중요한 악기였다. 휴대가 간편하고 탱고에서 아브라소가 중요하듯 품에 안고 호흡을 같이하며 연주하는 악기이기 때문이다.

기타가 탱고의 단짝 친구였다는 것은 당연하게 받아들여졌다. 소박하지만 진정성 있는 탱고를 그렇게 바젤에서 경험하게 되었다.

이번 여정이 남달리 편했던 이유는 내가 관광객도 아니고 현지인도 아닌, 적당한 거리에서 관망하며 시간을 보냈기 때문이었다. '탱고 수업'이라는 설레는 배움도 있고, 안전함을 제공해 주는 친밀한 관계를 거점 삼아 '유럽 밀롱가'라는 새로운 모험에 나섰기에 이렇게 능동적으로 다닐 수 있었다.

중간 즈음에서

예전에는 재능과 재주가 많은 사람이 멋진 결과를 낳는다고 생각했다. 하지만 지금은 좋아하는 마음과 성실한 태도로 삶의 시간을 쌓아야 재능이 비로소 움직인다는 것을 깨달았다. 오래전 희뿌연 시간 속에 갇혀 있을 때, 나는 내게 아무런 재능이 없다고 생각했다. 하지만 탱고는 '그렇지 않다'고 말해 주었다. 숨겨져 있던 나의 재능이 움직이는 데 시간이 걸렸던 것뿐이었다.

기술은 배울 수 있지만, 무언가를 좋아하는 마음은 누군가에게 배우거나 얻는 것이 아닌 온전히 내 것이어야 한다. 좋아하는 마음만은 진짜여야 한다. 좋아하는 마음이 얼마나 많은 시간을 견딜 수 있게 해 주었는지 모른다. 돌이켜 보니 나 혼자 탱고를 좋아한 것이 아니었다. 주변인들이 있기에 가능했다. 단지 내가 좋아한다는 이유만으로 탱고를 좋게 보아주고, 탱고에 쏟는 나의 시간을 허용해 주는, 그저 나를 좋아하는 사람들의 마음이 모여 내게 힘을 전해 준 것이었다. 그렇다면 그 모두가 ―탱고를 추든 그렇지 않든― 나의 탱고를 만들어 낸 것이었다.

희뿌연 안개의 시간이 걷히고 중간쯤에 다다른 나는 그들 모두를 떠올린다. 그들에게 나의 아브라소를 보낸다. 그 따뜻한 생명력을 나의 탱고에 담고 싶다.

도전으로 열린 또 다른 세계

2024년 6월. 서울국제도서전에 이미 몇 년 전부터 알고 지냈던 '쩜오책방'의 이정은 선생님께 인사를 드리러 갔다. 도서전 부스를 꾸려 남편이 다니는 회사 '풍월당'의 책을 많이 전시하고 계셔서 간식이라도 전해드리려는 마음이었다. 그런데 이정은 선생님은 그 자리에서 대뜸 탱고를 좋아하는 기타리스트 선생님이 계시는데 소개해 주겠다는 말씀을 하셨다. 이틀 뒤 책방에서 작은 기타 공연이 있을 거라며 그때 올 수 있느냐고 물었다. 처음에는 그저 기타로 탱고를 연주하기도 하니까 한번 인사도 드리면 좋겠다는 가벼운 생각이었다. 탱고를 좋아하는 기타리스트라 하시니 혹시 몰라 탱고 슈즈도 챙겨갔다.

그런데, 기타 소리를 듣는 순간 깨달았다. '이분 그냥 기타리스트 선생님이 아니시구나' 나는 그분이 유명한 클래식 기타리스트 안형수 선생님이라는 사실보다 탱고를 좋아한다는 것이 훨씬 크게 와닿았다. 연주가 끝나고 솔직하게 말씀드렸다. 선생님의 기타보다 선생님의 탱고에 관심이 있어서 이곳에 왔다고. 그러자 대뜸 선생님은 내게 이렇게 말씀하셨다.

"탱고 공연하실 수 있으세요? 제가 공연할 때 즉흥으로 했으면 좋겠어요. 보아하니 파트너는 있으실 거 같은데."

"네? 공연이요? 저는 이제 4년 차긴 한데 코로나 때문에 중단된 적도 있고 해서 이제 겨우 2~3년 차 정도의 실력이에요. 오히려 선생님 기타 연주에 누가 되지 않을까 싶은데요."

"그런 염려는 말아요. 저는 오래 추신 분보다 2~3년 차 분들의 탱고가 훨씬 좋은 것도 많이 봤어요. 탱고 슈즈를 들고 오신 그 마음도 중요하니까 여기서 탱고를 한 곡 춰 볼까요?

이게 대체 무슨 일인가. 5분 전만 해도 상상하지 못했던 일이었다. 누구와 탱고를 추게 될지 알 수 없는 밀롱가가 내 삶으로 뚝 떨어진 것 같았다. 그리고 내가 만인 앞에서 공연을 하다니. 일단 탱고 선생님께 상황을 말씀드리고 덜컥 공연을 함께하기로 했다. 하지만, 선생님과 실력 차가 많이 나는 내가, 그것도 라이브 음악에 잘 맞출 수 있을지 걱정이 되었다. 공연 전, 엄마가 집에 오셨다. 당연히 화두는 이틀 후의 공연이었다.

"엄마, 근데 이번에 보니까 확실히 탱고 선생님이 프로는 프로더라. 시선을 즐기시더라고, 근데 나는 탱고가 막연히 좋아서 하는 거지 남의 시선을 즐기지는 못하는 거 같아."

"아휴 아니야. 너희 아빠가 사실은 사람들 앞에서 막 나서서 이것 저것 하는 거 좋아했어. 너는 아빠를 닮았으니 잘 할 거야."

그 이야기를 들으니 어떤 장면 하나가 불현듯 떠올랐다.

수술 이후 목발을 짚은 아빠는 종종 경양식집에 나만 따로 데리고 가서 돈까스나 비프까스를 사주시곤 했다. 그 시절 대부분의 아빠가 그랬듯이 둘만의 저녁 식사임에도 무뚝뚝하기만 했다. 맛있는 음식을 사주기는 하셨지만, 밥을 먹는 동안 그렇게 많은 이야기를 한 것 같지는 않다. 그저 가끔 농담만 건네실 뿐이었다. 계산할 때 신용카드를 내면서 "승은아, 이것 봐. 아빠같이 유명한 사람은 돈을 내지 않고 이렇게 사인만 해도 된다!"라고 능청스레 말씀하셨다. 그런 뒤 아빠는 목발을 짚고 의족을 찬 채로 걸어가셨고, 나는 가깝지도 멀지도 않은 거리를 둔 채 종종종 따라갔다.

그날도 아빠는 나를 압구정에 있는 경양식집에 데려갔다. 무대에서 라이브 밴드가 연주하는 곳이었다. 아빠는 비프까스를, 나는 돈까스를 먹고 있는데, 마침 무대에서 음악이 연주되기 시작했다. 아빠가 갑자기 웨이터를 부르더니 뭔가를 물어보셨다. 웨이터는 알아보겠다며 어디론가 갔다가 곧 다시 돌아와 고개를 끄덕였다. 그러자 아빠가 옷매무새를 만지시더니, 목발을 짚고 무대 위로 절뚝절뚝 걸어나가시는 게 아닌가. 이게 무슨 상황이지 싶었는데, 무대에선 아빠는 라이브 밴드의 반주에 맞춰 노래를 부르기 시작하셨다.

무슨 노래인지는 알 수 없었지만, 꽤 잘 부르셨다. 노래 부르는 표정과 포즈도 자연스러웠다. 슬프지도 그렇다고 과하게 흥겹지도 않았다. 노래가 끝나고 사람들의 박수를 받으며 아빠는 다시 내 앞에 앉으셨다. 그리고 아무 일 없다는 듯 남은 비프가스를 맥주와 함께 잡수셨다.

갑작스레 아빠의 공연을 보게 되니 얼떨떨했다. 아빠가 그때 어떠한 마음이었을지 아직도 알 수 없다. 한동안 잊고 있었던 그 장면을 떠올리자 갑자기 마음이 차분해졌다. 동시에 이 공연이 오직 나에게만 주목된 것도 아니라는 생각이 들었다. 내가 아무리 잘하더라도 연주자 선생님들이나 탱고 선생님의 연륜을 따라잡을 수는 없을 것이다. 그저 내가 싱싱한 초짜임을 잘 보여주면 된다. 어차피 모든 실수는 싱싱한 법이니까.

공연 당일. 막상 탱고를 추기 시작하자 긴장된 마음은 사라지고 아무 생각이 나지 않았다. 선생님의 리드를 나는 찬찬히 따라갔고, 순간 겁이 날 때는 목발을 짚고 무대에 서서 노래를 부르던 아빠를 떠올렸다.

내 안에 무언가를 말하고 싶은 것, 아직 살아 있다고 말하고 싶은 것이 바로 그때 아빠의 마음이었을까. 그렇게 탱고를 추는 내내 아빠가 내 곁에 있었다. 그날 무대가 끝난 후에 받은 박수에 힘을 얻어 아빠의 삶도 그렇게 춥지만은 않았기를 바랄 뿐이다. 지금 내가 그런 것처럼 말이다.

감사의 말

　　이 책은 나의 탱고와 마찬가지로 여러 사람의 따뜻한 마음으로 만들어졌다. 나와 오빠를 낳은 것이 인생에서 가장 잘한 일이라고 말씀하시는 나의 사랑, 나의 근본인 엄마와 하늘에서 나를 응원하고 계실 아빠, 나의 영원한 탐험의 세계인 오빠 —그 세계는 여전히 매우 넓다—, 그리고 나의 자립을 도와주었던 네트워크 마케팅팀 박은주 언니와 오미나, 서민주, 상냥한 기대감으로 부족한 원고를 보아주셨던 멘토 박경희 작가님, 날 것에 가까운 글에서 가능성을 찾아내 주신 협성문화재단의 관계자 여러분들.

　　또 나의 탱고가 넓어질 수 있도록 좋은 인연을 열어주신 쩜오책방 이정은 선생님, 음악의 풍성함을 덧입혀주신 따뜻한 기타리스트 안형수 선생님, 늘 나를 사랑하는 제자라 불러주는 뮌헨의 그란 마에스트로 로베르토 에레라, 그리고 그의 야무지고 지혜로운 파트너 아니, 늘 마음이 가득 담긴 음식을 보내주시는 이주영 선생님, 내 탱고의 시작 지점부터 지금까지 매일매일 기도를 보내준 최고의 헤어 디자이너 윤혜란 언니, 모든 것을 아름답게 만드는 풍월당 최성은 실장님, 그 힘든 코로나 시기에 같이 학원을 지키며 수업을 함께 들었던 존경하는 동료 성철님과 에디님, 그리고 그 외 함께한 모든 라슘바 식구들, 마음의 친정 뮌헨의 혜림 언니.

나의 탱고와 함께 자라준 사랑하는 딸 나승연과 아들 나승운, 뮌헨으로 떠나기를 주저할 때 등 떠밀어준 남편 나성인, 그리고 나의 탱고를 만들어 주신 분이자 나의 탱고의 모든 것이며, 내가 생각하는 최고의 탱고를 보여주신 박준균(지노) 선생님, 비록 이 지면에 미처 언급하지 못하였지만, 내게 사랑을 베풀어주신 모든 분께 감사의 마음을 전한다.

누구나 살면서 마음의 구호품이 필요하다. 국어, 영어, 수학이 육체의 허기짐을 채워주기 위함이라면 음악, 미술, 춤은 마음의 허기짐을 달래기 위해 배우는 것이라 생각한다. 인생에 허기짐이 느껴질 때 이 책으로 그 허함이 조금이라도 달래진다면, 그것만으로 이 책이 탱고를 닮았다고 말할 수 있을 것이다. 여러분 모두에게 내 마음의 아브라소를 보낸다.

2025년 1월

이승운

참고문헌

- 김동준·양영아, 『탱고 마스터』, 비키북스, 2024.
- 김수영, 『탱고, 매혹의 시간』, 북코리아, 2022.
- 나성인, 『어른이 먼저 읽는 어린이 클래식』, 풍월당, 2022.
- 나성인, '피아졸라의 리베르탱고', 〈음악저널〉, 38p, 2018년 12월호.
- 마이클 라보카·벤자민, 박유안 옮김, 『탱고스토리_우리를 춤추게 한 위대한 악단들』, 바람구두, 2023.
- 박성민, '탱고의 거장 아스트로 피아졸라', 〈음악저널〉, 71p, 2021년 6월호.
- 박종호, 『탱고 인 부에노스아이레스』, 시공사, 2012.
- 하재봉, 『땅고』, 살림, 2017.
- 화이, 『탱고 레슨』, 오푸스, 2010.
- 호르헤 루이스 보르헤스, 송병선 옮김, 『탱고-네 개의 강연』, 민음사, 2024.

인터넷 기사

- 고상지의 반도네온 특강, 객석, 2014년 7월 1일
  https://auditorium.kr/2014/07/%EA%B3%A0%EC%83%81%EC%A7%80%EC%9D%98-%EB%B0%98%EB%8F%84%EB%84%A4%EC%98%A8-%ED%8A%B9%EA%B0%95/)
- 반도네온, 네이버 지식백과(악기백과)
  https://terms.naver.com/entry.naver?docId=5924241&cid=60476&categoryId=60476
- 반도네온, 나무위키
  https://namu.wiki/w/%EB%B0%98%EB%8F%84%EB%84%A4%EC%98%A8
- 아스토르 피아졸라, 위키백과
  https://w.wiki.Ce49
- 탱고, 외로움이 빚은 정렬, 동아일보, 2021년 7월 13일
  https://www.donga.com/news/article/all/20210712/107921194/1
- 피아졸라 탄생 100주년, 탱고 불모지 한국에서 탱고를 빚는 사람들, 객석, 2021년 10월 4일
  https://post.naver.com/viewer/postView.naver?volumeNo=32484450&memberNo=42430508&vType=VERTICAL